JN000847

サーラ・エドリーナ
公爵令嬢。
カーティスの婚約者であったが、婚約破棄され、修道院に送られることになった。

カーティス
リナン王国の王太子。
エリーに夢中になり、サーラに
婚約破棄を言い渡した。
エリー
男爵家の娘。
前世の記憶を持っているらしく、
そのため聖女の生まれ変わりだ
と信じられていた。
ルース
サーラが修道院から移った孤
児院で出会った男性。
まるで貴族のような優雅な見た
目だが、人嫌いの模様。

「……もちろんよ。わたしでよかったら、喜んで」
そう答えると、ルーフェスに強く抱き締められた。
「サーラ。君を、愛している」

婚約破棄した相手が毎日謝罪に来ますが、復縁なんて絶対にありえません！

櫻井みこと
Ilust
フルーツパンチ

Contents

第一章 ✦ p7

第二章 ✦ p32

第三章 ✦ p70

第四章 ✦ p105

幕　間 ✦ サーラの父、エドリーナ公爵の野望 p127

幕　間 ✦ 元婚約者、カーティスの後悔 p133

幕　間 ✦ 偽聖女、エリーの誤算 p141

第五章 ✦ p148

幕　間 ✦ ルーフェスの過去 p168

第六章 ✦ p181

幕　間 ✦ 元婚約者、カーティスの悔恨 p201

第七章 ✦ p229

第八章 ✦ p260

イラスト／フルーツパンチ

デザイン／モンマ蚕（ムシカゴグラフィクス）

編集／庄司智

第一章

清々(すがすが)しい、朝だった。

空は晴れ渡っていて、これなら洗濯物もよく乾きそうだ。

だから今日はまず洗濯をして、それから細々とした雑用を片付けてしまおう。

新米修道女であるサーラは、朝からそんな計画を立てていた。

それなのに。突然訪れてきた客によって、それは台無しになってしまった。

「すまなかった」

その招かれざる客は、男子禁制の修道院に最もふさわしくない若い男性だ。彼はサーラに会うなり謝罪すると、勢いよく頭を下げる。

(ええと……)

そんな彼に、サーラは困惑していた。

リナン王国の王太子カーティス。

つい最近まで、サーラの婚約者だった男性だ。

いくら婚約者だったとはいえ、ただの元貴族の娘に、王太子が頭を下げて謝罪してもいいのだろうか。

そう思ったが、もう言葉にして諫(いさ)める気力も湧かない。

彼は、それほどのことをサーラにしている。

（今さら、何のために……）

サーラはあらためて、目の前の王太子を見つめた。

淡い金色の髪。

今は伏せているその瞳は、透明な青色。

見た目だけなら、女性なら誰でもうっとりとするような美貌の王子様だ。

だがこのカーティスは、婚約者であるサーラを差し置いて、あるひとりの令嬢に夢中になっていた。

男爵家の娘で、エリーという名前だった。

このリナン王国では、一定の年齢になった貴族の子女は王立の学園に通うことを義務付けられている。

その学園でエリーは、可愛（かわい）らしい容姿と料理の腕でたちまち注目の的になっていた。

ひそかに噂（うわさ）されていた話によると、彼女にはどうやら前世の記憶というものがあるらしい。そこで得た知識で、珍しい料理を作るのだという。

エリーのその前世の記憶というものが、問題だった。

この国には、過去に異世界から来た女性が聖女となり、国を救ったという歴史がある。

美しく優しく、精霊に愛された偉大なる救世主だ。

エリーはその聖女の話を聞いて、自分の前世のようだと言ったらしい。実際、レシピが残されて

いないのに、聖女が好きだったという料理を再現したこともあった。

カーティスはエリーを、そんな聖女の生まれ変わりだと信じて、夢中になっていた。

もっとも、彼女がそうだという証拠はない。

聖女が好きでよく作っていたという料理を再現しただけでは、教会が聖女として認定することはない。

それになぜかカーティスは、学園内ではエリーを聖女として扱って大切にしているのに、それを国王陛下に報告することもなかった。

でも王太子であるカーティスが彼女を聖女として扱ったことで、いつしかこの学園では彼女は聖女の生まれ変わりであり、もっとも尊い女性のような存在になっていた。

王太子である彼がそうなのだから、彼の側近たちもそれに倣い、エリーをまるで聖女のように扱う。

彼らのその聖女ごっこに難色を示したのが、側近たちの婚約者だった。

本当に聖女なら、国王陛下と教会に報告するべきだ。

それをせずに、どうして学園内だけにこの話を留めておくのか。

そう言う彼女たちの言葉は間違っていないし、サーラも完全に同意だった。

でも王太子の婚約者であったせいで、彼女たちとその婚約者との仲裁に追われるようになってしまう。

彼女たちには王太子のせいだと嘆かれ、王太子には口を出すなと怒鳴られ、本当に毎日、大変だった。

最初は同じ境遇だからとサーラに同情的だった側近たちの婚約者たちも、サーラに訴えても何も変わらなかったせいで、次第に辛辣になっていく。

サーラも、何とかしようとしたのだ。

だが父のエドリーナ公爵に報告しても、具体的な指示はない。

また報告するように、言われるだけだ。

父が動かない以上、サーラが勝手なことをするわけにはいかない。

しかも、サーラが口を出せば出すほど、カーティスはエリーに夢中になっていく。

困難であればあるほど燃え上がるのが恋なのだとしたら、カーティスはエリーに恋をしていたのだろう。

カーティスにとってはもちろん、サーラにとってもこの婚約は政略的なものでしかない。

面倒なことばかりする婚約者に愛情なんて持てるはずもなく、サーラも次第に彼と距離を置くようになっていた。

それなのにエリーはなぜか、わざわざ自分に絡んでくる。

無視をすればカーティスに叱られて、適当にあしらうとなぜかエリーが泣き出す。

本当に、面倒だった。

父に相談しても、いずれこの国の王妃となるのだから、それくらい何とかできなくてどうすると叱られた。

たしかに王太子妃、さらに王妃となれば、王の側妃ともうまくやっていかなければならない日が来る。

しかもエリーが、その側妃となる可能性はとても高いのだから、この程度で音を上げるなということなのだろう。

だがカーティスのエリーに対する溺愛は学園内に留まらず、夜会でのパートナーにすら、サーラではなくエリーを選ぶようになっていた。

婚約者である公爵令嬢を差し置いて、男爵令嬢をエスコートする彼の姿に、周囲も色々な噂を囁く。

学園でも王城でも、屋敷の中でさえも気が休まらない。

サーラはもう疲れ果てていた。

だから昨日の夜会でカーティスに、聖女を虐げた女と結婚するつもりはない。婚約を破棄すると言われたとき、まったく身に覚えがないにもかかわらず、言い訳もせずに頷いたのだ。

勝手に婚約破棄に同意したサーラに、両親は怒った。

今まで一度も逆らったことがなかったから、父の怒りは相当なものだった。

今思えば、父にはそれなりの思惑があって、エリーとカーティスの件を放置していたのだろう。

そうして王太子から婚約破棄を言い渡された翌日には、サーラは修道院に送られることになった。

母もサーラに興味はなさそうだった。母にとって大切なのは、嫡男である兄だけなのだろう。それがわかっていたから、サーラは淡々と母に別れの挨拶を述べた。

王太子のカーティスから、あのエリーから解放されるなら、それでもかまわないと本気で思っていた。

あのまま彼と結婚していたら、カーティスはエリーを側妃にしていただろう。あのふたりとこれからもずっと関わるくらいなら、修道院で一生を過ごしたほうがましだった。

そうして屋敷を追い出されたサーラは、父によって王都から距離のある修道院に送られた。

この修道院にいるのはすべて訳ありの女性たちのようで、誰もが他人に深く関わらないようにして生きている。

それでも表向きは友好的に、サーラを受け入れてくれた。

ここで、静かに暮らそう。

カーティスもエリーも、邪魔者が消えて喜んでいるに違いない。

サーラもまた、あのふたりに二度と会わなくていいのかと思うと、嬉(うれ)しくてたまらない。

もう二度と、誰かの恋愛に巻き込まれるようなことにはなりたくないと切に願っていたのに。

なぜかカーティスが突然修道院を訪れ、サーラに謝罪したのだ。

サーラが送られたのは、王都から離れた町にある規模の小さな修道院だ。

最初は、普通の修道院だと思っていた。

でも数日過ごしているうちに、ここにいるのは訳ありの元貴族の女性ばかりだということに気が付いた。中には問題が解決して、生家から迎えが来た人もいるらしい。

追放した娘を、そんな訳ありの修道院に入れたことを考えると、父はまだ、自分に使い道があると思っているのかもしれない。

あの父ならあり得ることだ。

公爵令嬢だった頃なら、そんな父に黙って従っていた。

サーラが今まで生きてきたあの狭い世界では、父の言うことは絶対で、逆らうなんて考えたこともなかった。

でもここで暮らしているうちに、サーラの意識も変化していた。

だからこそ、わざわざ王太子であるカーティスが自分を訪ねてきたのに、迷惑だとあからさまに顔に出すようになってしまったのだろう。

（修道院は、男子禁制なのに……）

ここにいる修道女はみな、訳ありの貴族の子女である。

最初はみんなサーラと同じように、身の回りのことさえ覚束（おぼつか）ないような状態だったらしい。

だからここには、雑用をしてくれる初老の男性がひとりいる。ウォルトという名で、穏やかな優しい人だった。

サーラも厨房（ちゅうぼう）にある調理器具の使い方がまったくわからず、彼に色々と教えてもらった。

でもそんなウォルトだって、修道院の敷地（しきち）と厨房に出入りするだけで、けっして建物の内部には足を踏み入れない。

それなのに、堂々とサーラの部屋にまで入り込んできたカーティスに、深い溜息をついた。

(やっぱり自分本位なのは、変わっていないのね)

たとえ王太子であろうと、守らなくてはならないルールは存在する。でも彼が、それを理解することはないだろう。

言いたいことはたくさんあるが、婚約者でもないカーティスの間違いを正すのはサーラの役目ではない。ただ黙って立ち去ってくれたら、それでいい。

でも、いくつか気になることはある。

なぜ、今になって謝罪してきたのか。

どうして、自分に会いにわざわざ王都を出てきたのか。

そしてあのエリーは、彼がサーラに会いに来たことを知っているのか。

いろいろと考えていると、ここでの静かな生活でようやく落ち着いていた心がまた乱れて、サーラは壁に手をついた。

そうしないと、立っていることもできなかったのだ。

「サーラ?」

カーティスの手が、サーラの腕に触れる。

倒れそうになった自分を、心配してくれたのかもしれない。

でも彼に触れられていると思うだけで、ますます血の気が引いていく。

「わ、わたしは大丈夫です。ですから、どうか、手を離してください……」

無礼だと怒鳴られるかもしれないが、それでも彼に触れられているよりはましだ。

震える声でそう言ったサーラの姿に、カーティスはひどくショックを受けたような顔をして、そっと離れた。

「……サーラ。ああ、私は君をこんなにも傷つけていたのか。本当に、すまなかった」

でも彼はなぜか、いつものように怒鳴ったりせず、そう謝罪を繰り返していた。

サーラは俯いたまま、首を横に振る。

それは謝罪を拒絶するように見えるしぐさだったが、今のサーラにはそうするのが精一杯だった。

どう受け取ったのか、カーティスはしばらく黙ったあと、こう言って去って行った。

「また、明日来る」

「えっ……」

サーラは呆然として、その後ろ姿を見送った。

たしかに彼に、ここまで来られるのは迷惑だと伝えることができなかったし、突然謝罪してきた理由を聞くこともできなかった。

でもまさか、彼が明日もまたここを訪れるつもりだとは思わなかった。

（そんな……。どうしよう……）

理由なんて聞きたくない。

今さら謝罪だって、されたくはない。

もうサーラの中ではすべて、終わったことなのに。

ようやく手にした平穏は、わずか十日ほどであっさりと崩れてしまったようだ。

（もう関わらないでほしい。わたしの望みは、ただそれだけだったのに……）

それすらも叶わないなんて思わなかった。

ここに来てようやく解放されたと思ったのに、逃れられなかった。

そう思うと絶望しかない。

修道院でも駄目ならば、もう国外にでも逃げるしかないのだろうか。

その日は食事も喉を通らず、眠ることもできなかった。

他の修道女たちは、彼がこの国の王太子のカーティスであることに気が付いたようだ。

彼女たちも貴族の子女だったのだから、当然かもしれない。

それでも何も聞かず、気分が優れないサーラの面倒を見てくれた。

その優しさが、泣きたくなるくらい嬉しかった。

できればいつもの王太子の気まぐれであってほしい。

切実にそう願っていたが、翌日も宣言通り、カーティスは修道院を訪れた。

でも今度はサーラの部屋ではなく、あらかじめ話を通しておき、修道院の談話室に案内してもらうことにした。

さすがに元婚約者とはいえ、男性とふたりきりになるのは避けたほうがいい。修道院の院長にサーラが相談すると、雑用係のウォルトが同席してくれることになった。

彼は部屋の隅に座っていて、中央の椅子にはサーラとカーティスが向かい合って座る。

「……」

これまでのサーラなら、彼が訪れたら自分から挨拶をして、彼の用件を尋ねていた。でも今はただ俯いて口を閉ざし、カーティスが用件を切り出すのを待つ。

彼はいつもと様子が違うことに戸惑っていた様子だったが、やがて昨日と同じ言葉を繰り返した。

「すまなかった」

「……何が、でしょうか？」

ようやくその意味を尋ねると、カーティスは面食らったようにサーラを見つめる。

「面会の予約もなく、男子禁制の修道院に押しかけたことならば、今後気を付けてくだされればそれでかまいません」

「そうではない。……いや、それも謝罪しなければならないことだな。突然押しかけて、すまなかった」

彼は素直にそう言ったが、謝罪されても少しも心に響かない。表情も変えないサーラに、カーティスは戸惑っていた。

「サーラ。その、エリーのことだが……」

「……っ」

名前を聞いた途端、彼女の顔が浮かんできた。

カーティスに向ける、媚びるような甘い声。

自分のものだと言わんばかりに、絡ませる腕。

何ひとつ思い出したくない。

「ご婚約されたのでしょうか。それは、おめでとうございます。ですが、わたしはもうただの修道女です。わざわざご報告いただかなくとも……」

「違う！」

カーティスはサーラの言葉を強い口調で遮った。

「エリーと婚約などあり得ない。彼女は聖女ではなかった。しかも、嘘（うそ）を言って君を貶（おとし）めていた」

そう言う彼を、サーラは冷ややかに見つめていた。

エリーが聖女ではないことなど、わかりきっていた。

彼女が嘘を言ったのはたしかだが、サーラを貶めたのはエリーではなく、それを真に受けて、調べもせずに信じたカーティスではないか。

「サーラ」

冷たいサーラの視線に気が付いて、カーティスは悲しそうに目を伏せる。

「本当に、すまなかった」

彼はまた、サーラが望んでなどいない謝罪を繰り返す。

「簡単に騙（だま）されてしまったのは、私の責任だ。あの伝説の聖女が再びこの国に現れたのだと興奮して、事実確認を怠ってしまった」

加害者がそんな目をするなんてずるい、と思う。

許さない自分のほうが、ひどいことをしているような気持ちになってしまう。

だからサーラは、こう言うしかなかった。

「もういいのです、殿下。すべて終わったことですから」

自分に言い聞かせるように、サーラは静かにそう告げた。

あんなに心酔していたエリーの言葉を、彼があっさり嘘だと認めるとは思えない。

きっと色々とあったのだ。

でも、詳細を聞きたいとは思わなかった。

本当にもう彼らとは関わりたくない。その気持ちのほうが大きかった。

「一度起きてしまったことは、なかったことにはなりません。ですから殿下もわたしのことなど、もうお忘れください」

「そんなことはできない。君は被害者だ。何としても、君の名誉を回復しなければならない」

カーティスの熱のこもった言葉に思わず笑いそうになって、手で口もとを覆う。

（今さら、何を……）

よりによって王城で開かれた夜会で、彼が婚約者のサーラではなくエリーをパートナーとしてエスコートした時点で、サーラの名誉など失墜している。

両親がサーラを修道院送りにしたのは、聖女を苛めたからではない。最初から聖女の存在など、カーティスたちしか信じていなかったのだから。

サーラはいずれ王太子妃、王妃になる者として、この騒動をどう治めるのか、試されていたのだ。

父がサーラの報告に具体的な指示を出さなかったのも、自分で考えろというメッセージだったのかもしれない。

それなのにカーティスを諫めることができず、その暴走を許してしまった。だからサーラは両親に、そして国王陛下に、王太子妃としてふさわしくないと判断された。

ただ、それだけのことだ。

思えば、できないことではなかった。

どんなに邪険にされても疎ましく思われても、カーティスを諫め、エリーは聖女などではないと追及すれば、あの騒動を治めることは可能だった。

実際、彼女が聖女である証拠など何ひとつない。

むしろ聖女の名を悪用したとして、エリーを断罪することもできた。

おそらくサーラは、それを期待されていた。

王太子妃になる者として、カーティスを導き、聖女の名を利用して彼に近づこうとしたエリーを処断する。

でも、サーラは思ってしまったのだ。

どうして自分だけが、そんなに努力しなければならないのか。

いくら政略結婚でも、夫になる男性が常に他の女性を優先し、自分を邪険にするような態度ではつらいだけだ。

しかもサーラだけが、一方的に努力と我慢を強いられる関係である。

王太子であるカーティスこそ自分を厳しく律し、上に立つ者としてふさわしい言動をしなければならないのではないか。

それができないのなら、王太子の地位を下りるべきだ。

この国の王子は、彼ひとりではないのだから。

そう思ったとき、サーラはカーティスを諫めることを諦めてしまった。

手放したほうが楽だと思った。

王太子妃になること、王妃になること。

そして、公爵令嬢であることも。

もし本当に王妃になるにふさわしい者ならば、こんなふうには考えない。カーティスを守り、その盾となってエリーを排除することに、何の疑問も覚えないのだろう。

だから最初から、自分には無理だったのだ。

実際にすべてを捨てた今、サーラはとても穏やかな気持ちで日々を過ごせている。

何としても、この平穏を守りたかった。

だから、何とかしてカーティスに納得して帰ってもらうしかない。

サーラはしばらく考えたあと、彼に尋ねる。

「殿下。わたしの両親からも国王陛下からも、ここに来てはいけないと止められませんでしたか？」

サーラは国王陛下に、王太子妃失格と判断されたのだ。

今さらカーティスがここに来ることを、許すとは思えない。案の定、カーティスは視線を逸らした。

「……ああ、その通りだ。父からは君の従姉(いとこ)の、ユーミナスと婚約するように言われている」

「まぁ、ユーミナスと」

彼女は父の妹の子で、たしかサーラよりも二歳ほど年上だった。

美しいが少し気位が高く、サーラも彼女と会うときは少し緊張してしまうくらいだ。だが、自分の役割を理解してきちんと務めを果たす女性でもある。

間違ってもエリーのような存在を許すような人ではない。

自分よりよほど、王太子妃にふさわしいとサーラも思う。

「そうですか。おめでとうございます」

そう言って笑顔を向けると、彼はつらそうな顔をして目を逸らしてしまう。

「君は……。それでいいのか。今までの努力がすべて無駄になってしまうというのに」

努力を無駄にした張本人にそう言われて、思わず苦笑いをする。

でも、答えに迷いはなかった。

「ええ、構いません」

たしかに妃(きさき)教育は厳しかったが、今となっては解放された喜びしかない。それに、その努力が無駄になってしまったのはカーティスのせいだ。彼にそんなことを言われたくはない。

わずかに覚えた怒り。

だが、カーティスはそんな些細(ささい)な変化に気付くような人ではない。ただひたすらサーラのために何かしたいと言う。

彼と対面しているだけで、精神がひどく疲労する。

「わたしのために何かしたいのなら、もう放っておいてください」

最後に投げ捨てるようにそう言うと、カーティスは長い間俯いたあと、やがてまた明日来ると言って、部屋を出て行った。


「私はあの後、父にエリーを聖女として認定するべきだと進言した」

その翌日。

再び修道院を訪れたカーティスは、聞いてもいないのにそう語り出した。

これ以上彼と顔を合わせたくないが、世話になっている院長の立場を思えば、王太子を門前払いすることもできない。

談話室には今日も、この修道院で雑用をしてくれているウォルトが同席してくれた。

近頃腰痛に悩まされているという彼を、長時間固い椅子に座らせておくのはとても気の毒だ。しかし優しいウォルトは、かえってサーラを気遣ってくれた。

よほど、カーティスが帰ったあとの顔色が良くなかったらしい。

でもカーティスはそんなことにはまったく気付かずに、ただひたすら自分のことを語っていた。

「エリーは聖女に違いない。そう信じていた。だが父はそれをすぐに否定した。聖女はとても尊い存在で、認定にも厳しい条件がある。ただ異なる世界の知識があるだけで、聖女と認定することはできないと」

「……」

それは当然だと、サーラも思った。

エリーには、もしかしたら本当に異なる世界の記憶があるのかもしれない。

でも、それだけだ。

遠い昔にこの地に現れた聖女は、重傷者さえ一瞬で回復させるほどの治癒魔法を使い、精霊たちにも愛されていた。だから常に精霊たちの加護によって守られていて、害意を持つ者は近寄ることもできなかったという。

エリーは、サーラに嫌がらせをされたと言っていた。

突き飛ばされて、怪我をしたこともあると。

でもエリーが本当に聖女ならば、サーラが彼女に害意を持った時点で近寄れなくなったはずだ。

当然のように、国王陛下もそれを指摘した。

それを聞いて慌てたカーティスは、ことの真相をエリーに問いただしたようだ。

「もしサーラに怪我をさせられたことが本当なら、エリーは聖女ではないことになる。そう言ったらエリーはあっさりと、嫌がらせは嘘だったと言った」

直接、嫌がらせをされたわけではない。

でも、サーラは自分を疎んじていた。

いつか本当にそうなりそうで、怖かったと涙ながらに訴えたそうだ。

それを聞いてようやくカーティスは、すべてエリーの自作自演だったのではないかと思ったようだ。

　そうして詳細な調査が行われ、エリーは聖女ではないという結論が出た。

　エリーは最後までずっと、自分は聖女だと主張していたようだが、もう誰も彼女の言葉を信じなかった。

「父は、当然サーラもそのことに気付いていていたはずだと言っていた。それは本当なのか？　そうだとしたら、なぜ何も言わずにすべて受け入れて、王都を去った？」

「もちろん、気付いていていました。殿下に忠告もいたしましました。ですが、殿下は何を言っても聞いてくださらなかった」

「……それは」

　カーティスはあきらかに狼狽えて、何やら小声で言い訳をしている。

　言い訳なんて聞きたくない。

　あのときの心の痛みを思い出して、思わず感情的になりそうになる。

（もう、終わったことよ。すべて、過去のこと）

　そう自分に言い聞かせる。

　今さら終わったことについて話し合いをして、何になるというのか。

　だがカーティスはサーラとは違い、昔のことばかり話す。彼が納得しない限りは、何度でも修道院を訪れるだろう。

　だから仕方なく、彼との会話を続けることにした。

「聖女であるエリーに嫉妬して、そんなことを言うのだろう。殿下はそうおっしゃいました。何を言っても信じてくださらない方と話をすることに、わたしも疲れ果ててしまったのです」

　正直にそう答えると、カーティスは唇を噛（か）みしめて俯いた。

「……たしかにそれは、私が悪かった。エリーに夢中だったんだ。彼女を守るために、過剰に反応していたことは認める」

「謝ってほしいわけではありません。本当にもう、すべて終わったことなのです」

　カーティスの言葉は、本当に今さらだった。

　あの頃、彼にとってサーラは敵でしかなかった。それをよく知っている。

「父に、私はサーラに見捨てられたのだと言われた。もう私を王妃として補佐することはできない。そう思ったからこそ、すべてを捨てて去って行ったのだと」

　その言葉に、サーラは笑う。

　自分の父ははっきりとサーラに失望していたが、国王陛下は少し好意的に見ていてくれたようだ。

　だが、それでもサーラが王妃失格の烙印（らくいん）を押された事実は変わらない。

「見捨てられたのは、わたしの方です。陛下はこの程度の騒動を治められないようでは、王妃は務まらないと思われたのでしょう。ですが、わたしはそれでもかまわないと思って家を出ました」

「……サーラ。君は婚約者となってから、いつも私を支えてくれた。そんな君を、私はそこまで追い詰めてしまったのか。すまない。本当に……」

　彼の謝罪はきっと、本物なのだろう。

でも、サーラの心には少しも響かない。

だってカーティスの本質は、何ひとつ変わってはいないのだから。

彼は父である国王に、サーラの従姉のユーミナスとの婚約を命じられたと言っていた。

王命なのだから、それはもう決定したことだ。

それなのに彼は、婚約者となったユーミナスを放って、こうして毎日のようにサーラのもとを訪れている。それは婚約者だったサーラを疎んじてエリーのもとに通っていたときと、まったく同じだ。

それにあれほど夢中だったエリーを、聖女ではなかったと知った途端、切り捨てている。

「殿下。そのお言葉が本当ならば、もう二度とわたしに会いに来ないでください。殿下の婚約者となったユーミナスを、今度こそ大切にしてください。彼女ならわたし以上に、殿下を支えてくれるはずです」

サーラはきっぱりとそう言った。

沈黙が続いた。

カーティスは信じられないというような顔をして、サーラを見つめている。彼のことだから、誠心誠意謝れば許してもらえると思っていたのだろう。

今までのサーラなら、謝罪を受け入れたに違いない。

それは、カーティスを許したからではなく、父にそうしろと言われていたからだ。今までサーラの行動は、すべて父に決められていた。

でもここは修道院であり、サーラはもう家を出た身だ。だから、誰にも遠慮することなく、自分の気持ちをカーティスに伝えることができる。

（それにもう、何もかも手遅れなのよ）

たとえ彼の謝罪に心を動かされてその所業を許したとしても、すでにサーラは、未来の王妃として失格の烙印を押されている。

ここから名誉回復のため、再びカーティスの婚約者となるのは、ほとんど不可能だ。それを叶えるには、多大な労力と努力が必要となる。

彼には、そんな困難に打ち勝つ力はない。きっとまた挫折してサーラを放り出すに違いないと思っている。

だからどんなに謝罪されても許すつもりはなかったし、最初から彼には何の期待もしていなかった。

「サーラ。君はもう、私を許してはくれないのか。顔も見たくないほど、嫌われてしまったのだろうか」

なおもそう言い縋る彼に、本音を話さなくては帰ってくれないのだと悟る。

「……わたしはここに来て、ようやく静かに過ごせるようになりました。この平穏が、何よりも大切なものです。ですからどうか、もうわたしのことは放っておいてください」

そう告げると、カーティスは青ざめる。

「……それは、本心からか？」

「ええ、もちろんです」

カーティスのために身を引いたと思われても、のちのち面倒だ。サーラは笑顔でそう言い切った。

「わたしはもう、疲れてしまったのです。すべてを手放した今の状態が、とてもしあわせですから」

ここですべての縁を断ち切ってしまいたい。

そう思った。

カーティスにも、サーラが本気だということが伝わったのだろう。

だが、納得はしていないようだ。

探り合いのような時間が続く。

沈黙に耐えきれなくなったのは、サーラのほうが先だった。

もう時間だからと断りを入れて、カーティスを追い出す。

ただの口実ではない。公爵令嬢だった頃と違って、やらなくてはならないことは多いのだ。

労わるような視線を向けてくれたウォルトに、立ち会ってくれた礼を言い、サーラは部屋に戻った。部屋の窓を大きく開き、ゆっくりと深呼吸をして、気持ちを落ち着かせる。

（もう充分よね。これ以上は無意味だわ）

わずらわしいものをすべて捨ててこの修道院に来たとき、サーラは生まれ変わったと思っている。

もうこれ以上、過去に悩まされたくない。

三度も対面して、王太子への義務は果たした。もしまた彼が来たとしても、会わずに帰ってもらおう。

もともとここは、男子禁制。しかも彼は、国王陛下の命に背いている。
これ以上の面会は、お互いのためによくない。
そう決めて、院長にもそれを伝えた。
すると院長はしばらくの間、隣町にある孤児院の手伝いをすることを勧めてくれた。
たしかに、今はここを離れたほうがいいのかもしれないと、サーラはすぐに承諾した。

第二章

明日の昼頃には、孤児院から迎えの人が来てくれる。でも朝になれば、またカーティスが訪ねてくるかもしれない。

女性のひとり歩きは危険だと諭されたが、それを思うと、とても明日まで待つ気にはなれなかった。

外套のフードを深く被り、底の厚い靴を履いて背丈を誤魔化す。女性だとわからないような恰好をして、今日のうちに孤児院に向かうことにした。

これでもし明日もカーティスが来たとしても、そこにもうサーラはいない。

あとから考えれば無謀なことだし、人にも危険だと叱られた。

自分でも無謀だったと反省している。

王都とは違い、この辺は夜になると物騒らしい。

でもこのときは、カーティスから逃げることしか考えられなかった。せっかくこの修道院に来て少しは自由になれたと思っていたのに、まだ過去の悪夢に付きまとわれていることに耐えられなかった。

幸運なことに、このときは用心したお陰もあって、何事もなく隣町に辿り着くことができた。

（よかった……）

サーラは町の片隅にある孤児院を見つけ、ほっと息を吐く。カーティスから離れたことで、少し気持ちが楽になっていた。

（今日からしばらく、ここで暮らすのね）

そう思いながら見上げた孤児院は、修道院の半分くらいの大きさの古びた建物だった。

白かっただろう壁は薄汚れてひびが入り、屋根には破損しているところもある。雨漏りをしているに違いない。

周囲を見回しても同じような建物ばかりだから、やはり今までサーラがいた綺麗な修道院は、特別なものだったのだろう。

簡単に身なりを整えてから、孤児院の扉を叩く。

すると、痩せた小柄な修道女が対応してくれた。修道院から手伝いに来たと言うと、ひとりで来たことに驚かれる。

「まぁ、ひとりで？　女性のひとり歩きはとても危険なのですよ」

咎めるように言われたが、心配してくれたことがわかったので、素直に謝罪する。すると彼女は、快く迎え入れてくれた。

「疲れたでしょう。まずは、中でゆっくり休んで」

そうして、サーラにこの孤児院について教えてくれた。

ここいるのは十人ほどの子どもたちと、孤児院の院長。先ほど迎え入れてくれた修道女がひとり。そして、炊事や洗濯をしてくれる女性と、向こうの修道院と同じように、雑用をしてくれる男性がひとりいるらしい。

家事をしてくれる女性と雑用係の男性は通いらしいから、この小さい孤児院には、全部で十二人の人が住んでいることになる。

孤児たちは、一番年上の子どもでもまだ十二歳だった。

男の子がふたり、女の子が八人だった。

女の子が多いのは、孤児院で保護しないと違法な人買いに攫(さら)われてしまうことが多いからだと、修道女が説明してくれた。

それを聞いて、サーラは衝撃を受ける。

今までつらいことばかりだと思っていたが、公爵令嬢だった自分は随分と恵まれていたのだと思い知る。

最初に、孤児院の院長をしている女性に挨拶をした。

彼女は、穏やかで優しい老婦人だった。

その慈悲深い視線は、サーラでさえ子どもたちのひとりとして扱っているかのようだ。実の母親にだって、ここまで優しい視線を向けられたことはない。

「今まで苦労していたようね」

労(いた)わるようにそう言われて、サーラは首を振る。

「いいえ、わたしなど。今までどれだけ恵まれた生活をしていたのか、思い知りました」

「そう思えたことは、きっとこれからの財産になってくれるわ。これからよろしくね」

「はい、こちらこそよろしくお願いします」

深々と頭を下げると、彼女は少し驚いたようだ。

いくら修道院に入ったとはいえ、隣町の修道院が訳ありであることは知っているのだろう。貴族の子女だったサーラが、平民である自分に頭を下げるとは思わなかったのかもしれない。

でもサーラにとっては、孤児となった子どもたちを大切に守っている彼女は、尊敬すべき存在である。敬意を払うのは当然に思えた。

ここで家事をしている女性は、サーラの母親くらいの年代の女性だった。サーラは主に、彼女の手伝いをすることになる。

最近まで、一番年長の孤児の女の子が手伝ってくれていたらしいが、その子は気立ての良さを買われて、ある商人の養女になったらしい。孤児になってしまった子どもたちには、そんな幸運は稀なことだと、その女性はしみじみとそう言った。それくらい、良い子だったようだ。

手伝いの女性はキリネと名乗った。

この町に住んでいて、家には子どもがふたりいるらしい。

彼女もまた親切で、手伝いにきたのに掃除も料理もまともにできないサーラに、丁寧に仕事を教えてくれた。

「今まで、自分で洗濯をしたことがなかったのかい？」

「修道院では、少し。でも、まだまだです。これからしっかりと覚えます」

「ああ、あんたは隣町の修道院から来たんだったね。なら、仕方がないさ。でもお嬢様にこんなことをさせてもいいのかね」

隣町の修道院にいるのは、訳ありの元貴族の女性ばかりだということを、キリネも知っているようだ。

「もちろんです。わたしはお手伝いをするために来たのですから」

サーラはきっぱりとそう言うが、実際は教わることばかりで、むしろ邪魔になっているかもしれないと少し落ち込む。

でもキリネは最初からできる人なんていないんだから、できるようになってから役に立ってくれたら充分だと笑ってくれた。

本当に、優しいひとだった。

手伝いに来たはずなのに不慣れなサーラに、ここに来たときに出迎えてくれたあの修道女も、とても親切にしてくれた。

彼女はもともとここの孤児で、成人してから修道女になることを選んだようだ。

お世話になった院長先生に、少しでも恩返しをしたかったと語っていた。サーラよりも年上だったから、まるで孤児院の子どもたちに接するように、てきぱきと指示してくれる。

だが雑用係の男性だけは、サーラと話そうとしない。

初めて来た日に挨拶したけれど、ただ目を逸(そ)らして頷(うなず)いただけだった。

男性がいると聞いたときは、ウォルトのような初老の男性だと思っていた。

でも実際に会ってみると、彼はサーラと同じ年頃の若い男性だったのだ。

よくよく考えてみれば、たしかにここは修道院ではなく孤児院だし、子どもたちの中には男の子もいる。向こうよりもずっと、男手が必要になるのだろう。

(それなのにわたしは、かなり驚いてしまったわ……)

もしかしたら初対面のときに過剰に反応して、怒らせてしまったのかもしれない。

サーラは婚約者だったカーティスや、その側近のせいで、同い年くらいの男性が少し怖い。だからこそ、あんな反応をしてしまった。

サーラは、彼と初めて会った日のことを思い出してみる。

彼は、ルースという名だった。

背は高いが痩せていて、あまり力仕事が得意そうには見えなかった。

この国では珍しい黒髪だったので、他国の出身なのかもしれない。孤児院の雑用係なので平民だと思われるが、どことなく優美な雰囲気を持った不思議な人だった。

驚いてしまって、思わず観察するように見つめてしまったのが悪かったのだろうか。

思い悩むサーラに、気にしないでね、と言ってくれたのはキリネだった。

「ルースはもともと、人嫌いなのよ。あんたにだけじゃなくて、みんなにあんな態度だから。でもあまりひどいようなら、あたしに言うんだよ」

「……はい。ありがとうございます」

サーラは頷きながら、遠くにいるルースを見つめた。

まるで貴族のような優雅な見た目の、人嫌いの男性。

どうやら彼もまた、訳ありのようだ。

初対面のときの態度を謝りたいと思っていたが、人が嫌いなら、彼とはあまり関わらないようにしよう。そう思って、なるべく接しないようにして過ごしていた。


こうして、サーラが孤児院の手伝いに来てから、三日ほど経過した。

最初は少しだけ心配していたが、婚約者だったカーティスがここまで押しかけてくることはなかった。

ようやく、平穏な生活を取り戻すことができたと安堵する。

ここでの生活は修道院とは比べものにならないくらい忙しく、毎日が大変だった。

朝になると自分で起きて、身なりを整える。

ここまでは修道院での暮らしと一緒だが、ここではそれから子どもたちを起こして身支度を手伝い、朝食の準備をしているキリネを手伝わなくてはならない。

朝から本当に慌しくて、気が抜けない。

朝食が終わったあとは、子どもたちに読み書きを教える時間があった。

そのあとは、キリネを手伝って掃除や洗濯をする。さらに昼食や夕食の準備など、息をつく暇もないほどだ。

でも今は、このほうがいいのかもしれない。

ここに来てからずっと忙しくて、カーティスのこともエリーのことも、ほとんど思い出さなくな

っていた。

今まで子どもと接したことはほとんどなかったが、ここにいる子どもたちは皆、素直で可愛らしい。

まだ不慣れで失敗ばかりのサーラにも、何かしてあげるとありがとうと言ってくれる。

キリネも、修道女も孤児院の院長もそうだった。

手伝ってくれてありがとう。運んでくれてありがとう。

そう言われる度に、嬉しかった。

今まで誰かのために何かをしても、お礼を言われたことなど一度もなかったのに。

公爵家で暮らしていたときよりも、まだカーティスと何事もなく婚約者同士でいられたときよりも、今が一番しあわせだと感じていた。

（できるならこのまま、ここで働けたらいいのに……）

そう思っていたが、サーラは手伝いに来ただけなので、必要がなくなればあの修道院に帰らなくてはならない。

でも、もしずっと忙しいままなら、ここにいられるかもしれない。

そんなことを考えていた。

「サーラ、今日はパンを焼くから手伝っておくれ」

そんなある日、キリネにそう言われてサーラは頷いた。

「ええ、もちろんです」

彼女を手伝うのが、サーラの仕事だ。

だが勢いよくそう答えたはいいが、パンを焼いたことは一度もなかった。申し訳なさそうにそう告げると、キリネは笑ってこう言ってくれた。

「大丈夫。ちゃんと教えるからね」

「あ、ありがとうございます」

何も知らない自分を見捨てることなく、こうして親切に教えてくれるキリネの存在には、本当に助けられている。

サーラはいつも結んでいた金色の髪を、さらにきっちりと纏(まと)め、作業用のエプロンをして、厨房(ちゅうぼう)に向かった。

「何からすればいいですか?」

「そうだね。まずルースに、小麦粉を厨房に運んでくれるように言ってきて欲しいんだけど、大丈夫かい」

「……はい」

心配そうなキリネに、サーラはぎこちなく頷いた。

彼とはほとんど顔を合わせることはなく、会話は一度もしたことがなかったが、同じ孤児院で働く仲間だ。

最低限、仕事の会話くらいはできるようにならないと、キリネに迷惑が掛かってしまう。

（ええと、たしか裏口の方に……）

ルースを捜して、孤児院の裏口に向かう。

彼の姿はすぐに見つかった。

黙々と薪を運んでいる姿に、どのタイミングで声を掛けたらいいのか悩む。

（どうしよう……）

少しルースのことが怖かったこともあり、どう声を掛けたらいいのか、どうやって近寄ればいいのかわからずに、その場に立ち尽くしていた。

「俺に何か用か？」

どれぐらい、そうして彼を見つめていたのだろう。

薪を運び終わったルースが、少し呆れたような顔でこちらを見て、そう言った。

「あ……」

たしかに、ずっとこんなところで彼を見つめていたら、不審に思われても仕方がない。

サーラは早く用件を伝えなくてはと、焦る。

「あ、あの……。こ、こむぎ……」

だが焦りと緊張で、うまく話すことができない。

恥ずかしくて涙目になったサーラに、ルースはゆっくりと近寄ってきた。

「……落ち着け。俺に、何をして欲しいんだ？」

不機嫌そうに言われると思っていたのに、彼の声は想像していたよりもずっと優しいものだった。ようやくサーラの気持ちも落ち着いて、用件を伝えることができる。

「小麦粉を、運んでほしいと。キリネさんが、パンを、作るそうです」

言葉に詰まりながら、何とかそう伝える。

「小麦粉か。わかった。厨房に運んでおく。他には？」

「ありません。それだけです。……あの、よろしくお願いします」

ようやく伝えられた。

そのことに安堵して、サーラは笑顔を向ける。

ルースはそんなサーラから、目を背けた。

馴れ馴れしくして怒らせてしまったのかと思ったが、彼はとても悲しげな目をしていた。

（どうして、わたしを見てあんなに悲しそうな目をしているの？）

その哀愁に満ちた瞳が、いつまでもサーラの胸に残っていた。


パン作りは、思っていたよりも大変だった。

材料を捏ねるのに力は必要になるし、綺麗に成形するのもなかなか難しい。

どうやら自分で思っていた以上に不器用だったようで、サーラは歪な形のパンを見て溜息をついた。

「ごめんなさい……」

「初めてなんだから、気にすることはないよ」

キリネはそう言って笑った。

大らかで優しい人だ。

昔から完璧を求められてきたサーラにとって、ありのままの自分を受け止めてくれる彼女の優しさは救いだった。

両親がいないにもかかわらず、この孤児院にいる子どもたちが素直で明るいのも、きっと環境が良いからだろう。

その夜。

サーラは空を見上げながら、自分の両親のことを思う。

父はとても厳格な人で、娘のサーラにはとくに厳しかった。

公爵令嬢として、他の令嬢よりも優れていることを求められ、それに必死にこたえてきた。でもカーティスとの婚約破棄で今までの努力はすべて無駄になり、父にも見放されてしまった。

（それでも、こうなってみて初めてわかったことがある）

あの頃は父の期待にこたえなければならないと思いこんでいて、それだけがサーラの世界のすべてだった。

でもこうして遠く離れてみると、自分に求められたことがいかに理不尽だったのかよくわかる。

あきらかに非はカーティスにあったのに、問題を解決することを求められたのはサーラだった。

今思えばエリーに夢中になり、彼女の言うことばかり鵜呑みにしていた時点で、もうカーティスには誰も期待していなかったのだろう。

彼がまだ王太子でいるのは、彼の生母である王妃がソリーア帝国の出身だからだ。

この国とソリーア帝国は同盟を結んでいるが、国力は向こうの方が遥かに上である。その帝国の血を引くカーティスを、国王陛下も簡単に廃嫡することはできないのだろう。

そのカーティスは偽物の聖女に溺れ、だからこそサーラに対する周囲の要求はどんどん厳しくなっていった。

（わたしにはもう無理だった。これ以上、お父様や国王陛下の期待にこたえることはできなかった……）

ただ自分の弱さの代償を、従姉のユーミナスに負わせてしまったことだけは、本当に申し訳ないと思っていた。

ユーミナスが王妃になることを、重圧に思うとは限らない。

彼女なら自分と違って、周囲からのプレッシャーに負けることはないだろうし、エリーのような人間にも毅然と接することができるだろう。

それでも自分が放り出した責任を、彼女が背負ってくれたのは事実である。

しかもカーティスは、婚約者となったユーミナスを放って、サーラのもとに連日通い詰めていたような状態だ。

せめてカーティスが今までの行為を反省して、王太子としての責任と重圧を自覚してくれるように祈るしかない。

（でも自分は責任を放棄したのに、上手くいくように祈るなんて、自分勝手よね……）

サーラは見上げていた夜空から視線を落とすと、固く目を閉じる。

この町は夜になると真っ暗になるせいか、星がたくさん見えてとても綺麗だった。だからここに来てからは、寝る前に空を見上げることが習慣になっている。

でもこうして静かに生活をしていると、今度はひとりだけ平穏を手にしてしまったことに対する罪悪感が、いつまでも胸から離れない。

そのせいで、少し考えすぎてしまったのかもしれない。

つい寝そびれてしまい、サーラは寝不足でぼうっとしたまま、朝から仕事をしていた。

いつのまにか吹く風も冷たく、洗濯をしていると手が凍えるようだ。

カーティスに婚約破棄を突き付けられたのは、まだ暑い時期のことだった。この地方が王都よりも寒いせいもあるが、それだけの時間が流れている。

（季節が変わろうとしているのね）

ふと、生まれ育った屋敷（やしき）を思い出す。

母の好みで秋に咲く花が多かったから、今頃は色とりどりの美しい花が咲き乱れているかもしれない。

懐かしいとは思うが、帰りたいとは思わない。

ふと洗濯の手を止めて、周囲を見回したサーラは微笑（ほほえ）んだ。

花は、ここにも咲いている。

踏み固められた固い土から茎を伸ばして咲いている花は、屋敷に咲いているものにも見劣りしないくらい綺麗だった。

「できた」

洗濯物を干しおわったサーラは、空を見上げて満足そうに呟く。

近頃はだいぶ、仕事にも慣れてきたような気がする。

失敗も数えきれないくらいやってしまった。

洗ったばかりの洗濯物を落としてしまったことも、パンを焼き過ぎて固くしてしまったこともある。

でもキリネは、これも経験だと言って優しく許してくれた。

彼女の優しさと豊富な知識に、サーラはどれだけ救われていることだろう。

それに子どもたちは皆、本当に可愛らしい。

素直にまっすぐに育っている彼らを見ていると、自分も過去のことばかり振り返ってはいられないと思う。

サーラの人生はこれからの方が長いのだ。

一度の失敗で、すべてが終わってしまったわけではないと思えるようになっていた。

雑用係のルースとも、少しずつ話ができるようになっていた。

彼は人と関わることはあまり好きではなさそうだが、カーティスやその側近たちのように敵意を向けてくるわけではないから、気が楽だ。

だがその人嫌いは徹底しているようで、キリネともほとんど会話をしない。

彼は、どんな事情を抱えているのだろう。

キリネなら何か知っているだろうが、それを聞くことはできなかった。

サーラだって、過去のことを誰かに探られたら嫌だと思う。自分が嫌なことを、他の人にすることはできない。

だからルースとは、このまま当たり障りのない状態が続けばいいと思っていた。


この日は朝から風が強く、キリネはしかめっ面で空を見上げながら、午後から天候は荒れるだろうと言っていた。

彼女のこういった予測は、当たることが多い。

それを知っていたので、今日は朝の洗濯物は室内に干して、早めに買い物に行くことにした。

普段なら買い物は、雑用係のルースがすべてやってくれている。でも、今日の外出には特別な目的があった。

(アリスを少し、連れ出してあげよう)

そう思っていたサーラは、キリネにそう言って許可を取る。それから最年長の少女を呼び出し、買い物を手伝ってほしいと告げた。

今いる子どもたちの中で最年長なのが、十二歳のアリスだ。

彼女は普段から、他の子どもたちの面倒をよく見てくれていた。

そんなアリスも、姉くらいの年齢であるサーラとふたりきりになると、少し甘えん坊の年相応の少女になる。

サーラが手伝いの修道女であることも、その理由のひとつだろう。

最年長として頼りにされていることをしっかりとわかっているからこそ、キリネやこの孤児院出身の修道女には、甘えられないのだ。

だからサーラはたまにアリスを連れ出して、ちょっとした買い物をすることにしていた。

アリスが無理をしていたことに、まったく気が付かなかった。

キリネはそう言って悔やんでいたが、アリスは気疲れを巧みに隠していた。サーラがそれに気が付いたのは、自分も同じような立場だったからだ。

幼い頃から子どもでいることを許されずに、公爵家の娘として、王太子の婚約者としてふるまうことを強いられてきた。

それを理不尽だと思うこともなかった。

アリスと自分とでは、立場も状況も違う。

でもせめてアリスには、子どもらしい時間を持ってほしいと願ってしまう。それに買い物の手伝いならば、アリスも罪悪感を持たずに出かけられるだろう。

寒くないように外套を着せ、はぐれないように手を繋いで町に向かおうとしたところで、キリネに呼び止められた。

「天気が悪くなる前に、帰ってくるんだよ。何だか荒れそうだからね」

空を見上げて心配そうに言った彼女に、しっかりと頷く。

「はい。行ってきます」

並んで商店街までの道を歩き出す。

アリスはサーラの手をぎゅっと握って、嬉しそうだ。

「サーラさん、今日は何を買うの？」

そう尋ねるアリスの声は弾んでいる。

今のアリスは、子どもたちをまとめるリーダーとしての役目から解放されているのだ。

その明るい声を聞いて、やはり連れ出して正解だったと思う。

読み書きを教えているせいで、最初は子どもたちにサーラ先生と呼ばれていたが、先生なんて言われるような立場ではない。

年もそれほど離れていないし、そのほうが親しみやすいだろうからと、サーラさんと呼んでもらうことにしたのだ。

「モーリーの誕生日が近いからね。クッキーの材料を買いに行くのよ」

孤児院では、子どもたちの誕生日にはみんなでクッキーを焼くという習慣があった。

本当ならクリームたっぷりのケーキでお祝いしてあげたいところだが、孤児院はあまり裕福ではない。だから、せめてものお祝いであるクッキーは市販のものではなく、みんなで手作りをすることになっていた。

ただ豪華なプレゼントだけを贈られて、おめでとうの言葉もなかったサーラの子どもの頃より、ずっと楽しくて思い出に残る日になりそうだ。

それに、普段からあまり甘いものを食べることがない子どもたちは、それぞれの誕生日をとても楽しみにしていた。

アリスも、買い物がモーリーの誕生日のためだと知って目を輝かせている。

「モーリーは、甘いジャムが好きなの」

「ええ、知っているわ。だからジャムクッキーを作りましょうね」

そう言って頷いてみせるが、サーラよりもアリスのほうがクッキー作りはずっと手慣れている。

出発前にキリネに、何が必要なのかをしっかりと確認してから、商店街に急いだ。

孤児院は、町はずれに建てられている。

町の中心部に行くには、小川沿いの道を二十分ほど歩かなければならない。

あまり大きな道ではないから整備もされておらず、石が点在していて歩きにくい。ところどころ、大きな木の根が歩道にも侵食していて、気を付けなければ足を取られてしまいそうだ。

だから整備されていない道を歩きなれていないサーラのほうが、アリスよりも歩みが遅かった。

アリスは楽しい買い物に駆け出しそうになるのを堪えて、サーラのためにゆっくりと歩いてくれる。

（本当に、優しい子……）

自分は同じような年の頃、こんなに気遣いができていただろうか。思い出してみると、自分のことだけで精一杯だった気がする。

こんなに優しい子には、しあわせになってほしいと、心からそう願う。

ゆっくりと歩いたせいで少し時間が掛かってしまったが、ふたりはようやく商店街に辿り着いた。

小さい町なので店もそんなに多くはなく、旅人もほとんどいない。そんな中、サーラはアリスに確認しながら、ひとつずつ買い物をすませていく。

アリスはずっと楽しそうにしていたが、町にひとつしかない小さな宿屋の手前に差し掛かると、ふと表情を硬くして足を止めた。

「アリス？」

「この宿屋に人が泊まっているときは、前を通ってはだめ。そう言われているの」

「え？」

言われてみれば、いつもは静まり返っている宿屋が、今日は騒がしい。アリスの言うように、宿泊客がいるのだろう。

「それは、誰から？」

院長か、キリネだろうか。

その理由は何だろう。

不思議に思ってそう尋ねると、アリスは首を横に振る。

「ルースさんだよ」

「ルースさん？」

意外な名前を聞いて、思わず問い返す。

「うん。普通の旅人なら、こんな小さな町に立ち寄らずに、隣の町にいくはずだって」

隣の町は、サーラのいた修道院がある場所だ。

たしかに街道はきちんと整備されているし、乗合馬車も走っている。普通の旅人なら、向こうの町に泊まるはずだというのは、正しいのかもしれない。

（でも、普通にこの町に用事がある人だっているはずよね？）

どうしてそんなふうに言い切るのだろう。

首を傾（かし）げたサーラに、アリスは声を潜める。

「昔、この宿に泊まった旅人に、孤児院の子どもが攫われたらしいの。だから、気を付けなさいって」

「あ……」

ここは王都とは違い、そんな事件も起こりえる場所だったと思い出す。

子どもたちの安全を第一に考えるのならば、彼の言う通り、用心するに越したことはない。

「そうね。向こうから行きましょう」

サーラはアリスの手をぎゅっと握ると、来た道を戻り始めた。

少し用心して歩いたが、こちらに注目している者はいない。ほっと胸を撫（な）でおろして、次の目的地に急いだ。

サーラやキリネとはほとんど会話をしないルースだが、子どもたちとはそれなりに話をしているらしい。

危ない場所やしてはいけないことなど、注意が多いらしいが、アリスを始めとした子どもたちも、そんな彼を慕っているようだ。

サーラは初めてパン作りをしたとき、彼に話しかけることもできずに狼狽えていた。それなのに、嫌な顔ひとつせずに、優しく対応してくれたことを思い出す。

（優しい人なのね）

子どもたちの安全を考えて細かく注意しているのも、ルースが優しいからだ。その忠告を無視してはいけない。

そう考えて、かなり遠回りをして立ち寄ったのは、町の中心にあるパン屋だ。

店先から香ばしいパンの香りや、甘いジャムの香りが漂っている。ここのジャムが一番おいしいと、キリネが力説していた。

店番をしていたのは優しそうな壮年の女性で、目を輝かせているアリスに色々なジャムを試食させてくれた。

「やっぱり木苺がいいかしら？」

モーリーはいちごが好きらしいが、季節柄、木苺のほうがよさそうだ。サーラの提案に、アリスも大きく頷く。

「うん。これがいいと思う」

甘酸っぱくておいしいと、何度も言っていた。

サーラは小さな瓶のジャムをひとつ買い、それを嬉しそうなアリスに手渡して店を出た。

アリスは、ジャムの瓶を大切そうに抱きしめている。

「買い物は、これで全部かしら？」

そんな彼女と、買い忘れがないか確認していると、頬に水滴が落ちてきた。

見上げると、ぽつぽつと雨粒が顔に当たる。

とうとう雨が降ってきてしまったようだ。

「ああ、大変。急いで帰らないと」

サーラは外套のフードをアリスに被らせ、その手を引いて歩き出す。

思っていたよりも時間が掛かってしまったのは、サーラの歩みが遅かったせいだ。これからも歩くことは多いだろう。もっと足を鍛えなくてはならない。

そんな反省をしながら、帰り道を急ぐ。

（そういえば、天気が悪くなるって言っていたわ）

キリネの言っていたことは、当たった。

どんなに急いでも、雨はどんどん強くなっている。

（どうしよう。少し止むまで、どこかで雨宿りをしたほうがいいのかしら。でも……）

帰りが遅くなったら、それだけ心配を掛けてしまうかもしれない。

必死に歩きながら思案していると、アリスと繋いでいた手に、ぎゅっと力が込められた。

「アリス？」

寒いのだろうか。

気にして足を止めると、アリスは少し思い詰めたような顔をして、ごめんなさい、と言う。

「私が、ジャムを選ぶのに時間をかけてしまったから」

そう言うアリスに、サーラは慌てて首を振る。

「そんなことはないわ。むしろ、わたしが歩くのが遅かったせいよ。だから気にしないで」

互いに謝り、相手のせいではないと否定した。やはりアリスは育った環境のせいで、普通の子どもよりも大人びている。

自分によく似ていると思う。

彼女もそれがわかったのだろう。ふたりは顔を見合わせて、少しだけ笑った。

「あの大きな木の下で、少し雨宿りをしましょう」

サーラはそう言って、アリスとともに大きく枝を茂らせた木の下に逃げ込む。

帰りが遅くなってしまったら、孤児院では心配するかもしれない。でもこのまま闇雲に急いで歩けば、足を滑らせて転んでしまいそうだ。

ここはゆっくりと休んで、小降りになるのを待ってから、また歩き始めたほうがいい。

街道に根を張るほどの大きな木は、降りしきる雨を少し防いでくれた。

古びた外套から、雨が服に染み込む。

寒さに身を震わせながら、アリスの手をしっかりと握っていた。小さな手のひらから感じる温(ぬく)もりが、何だか心強く感じる。

「サーラさんは」

降りしきる雨を眺めてぼんやりとしていると、ふと声を掛けられて我に返った。アリスが、少し思い詰めたような顔をしてサーラを見つめている。

「どうしたの？」

「しばらくしたら、隣町に戻ってしまうの？」

アリスは寂しく思って、そう言ってくれたのだろう。

「……そうね」

それはサーラも同じ気持ちだった。

ここでの生活は、とても楽しい。

修道院でも自由を得たと感じていたが、周りにいるのは同じような境遇の女性たちばかり。さらに元婚約者のカーティスが押しかけてきたせいで、もうサーラにとって寛げる場所ではなくなってしまっていた。

「いずれ、帰らなくてはならないのね」

振り続ける雨も相まって、憂鬱な気持ちになって吐き出すようにそう言った。

「サーラさんが、ずっとここにいてくれたらいいのに」

「ありがとう。わたしもできるなら、そうしたいわ」

本当に、孤児院の院長に頼んでみようか。そんなことを思う。

アリスもこう言ってくれるし、きっとキリネも歓迎してくれるだろう。

ここで生きていく未来を想像して、ふと表情を緩ませた瞬間。

空に閃光（せんこう）が走り、続けざまに轟音（ごうおん）が鳴り響いた。

「きゃっ」

サーラは思わずアリスの手を強く握りしめて、ふたりでしゃがみこむ。

雷鳴だ。

低い唸（うな）り声のような音が聞こえたかと思うと、間髪を容れずに再び閃光と轟音。

サーラもアリスも、悲鳴を上げることすらできなくて、ただ互いの手をしっかりと握りしめて震えていた。

（……怖い）

それでも、アリスはまだ保護するべき子どもだ。

サーラは震える手でアリスの肩を抱き、落ち着かせるように背を撫でる。

「大丈夫、だからね」

発した声はみっともないくらい震えていたが、声を出したことで少し落ち着きを取り戻した。

雷は、きっとすぐに通り過ぎる。それまで、こうしてじっとしていればいい。

「駄目だ」

そんなとき。

ふと誰かの声がして、腕を引かれた。

驚いて顔を上げると、外套のフードを深く被った人物が、サーラとアリスの腕を掴（つか）んでいる。

低い声に逞（たくま）しい腕。男性だ。

「……っ」

驚いて身を引こうとしたが、それよりも先にアリスが、その男性の腕にしがみついた。

「大木の真下にいるのは危険だ。雷が落ちる可能性がある」

聞き覚えのある声。

アリスの行動に驚くサーラにこう言ったのは、孤児院の雑用をしているルースだった。

「ルースさん」

彼は、ふたりを迎えにきてくれたのだ。

安堵から、思わず名前を呼んでしまう。

ルースはそんなサーラに頷き、ふたりの手から荷物を引き取ってくれた。

「ここから離れなくては。もう少し先に、安全に雨宿りできる場所がある」


叩きつけるような強い雨。

外套から染み込んだ雨は、サーラの身体(からだ)をすっかり濡(ぬ)らしてしまっていた。

雷もまだ止みそうにない。

轟音が鳴り響くたびに、冷え切った身体がびくりと反応する。

「急ぐぞ」

「は、はい」

そんな天候の中に足を踏み出すのは、怖かった。

でもここが危険だと聞かされてしまえば、留まることはできない。

（アリスを守らなきゃ。わたしのせいで、危険に晒(さら)してしまうところだったのよ）

雷がそんなに危険だなんて、知らなかった。

サーラはアリスの手をしっかりと握って、先を歩くルースの後に続いた。

ルースは急ぎながらも、サーラたちの歩調に合わせてくれた。しばらく歩くと、あの大木から少し離れたところに、木造の小屋があった。

街道から少し離れた場所にあるので、土地勘のないサーラは今まで知らなかった。この建物は、街道を歩く旅人のための休憩小屋らしい。

どうやらここで雨宿りをするようだ。

ルースが先に扉を開けた。建付けが悪いらしく、力を込めて押し開けている。サーラも彼の背後から中を覗(のぞ)き込(こ)んだ。

簡素な造りだが、中は思っていたよりは広い。でも古い小屋らしく、木の窓枠は外れかかっていた。風が吹くたびに、がたがたと音が鳴り響いている。床も、足を踏み入れるとぎしりと軋(きし)んだ。

（大丈夫なのかしら？）

古い木造の建物を、少し不安に思う。

中に入ってよく見回してみると、先に何人かの旅人が雨を避けて逃げ込んでいた。

柄の悪そうな男たちだ。

サーラはアリスの手をしっかりと握ったまま、心なしかルースのほうに近寄る。男たちはサーラとアリスを見てにやついた顔をしていたが、ルースの姿を見るとさっと視線を逸らした。

何だ、男連れか。

そう呟く声が聞こえて、思わず身を固くする。

彼らにしてみれば、ちょっと声をかけてみようか、と思ったくらいだろう。

でも深窓の令嬢だったサーラにとっては、見知らぬ男性に声をかけられるというだけで、かなり怖いことだ。

（ルースさんが来てくれて、本当によかった……）

今までも何度かアリスと一緒に出掛けたが、怖い思いをしたことは一度もなかった。でもアリスの警戒から察するに、それはとても運の良いことだったのだ。

（わたしは本当に、何も知らなかったのね）

王都から離れた町では、女性がひとりで歩けないくらい治安が悪いなんて知らなかった。

王太子の婚約者だったのだから、もっと国内の状況を把握しなければならなかったのに。

それがエリーひとりに翻弄され、学園内の揉め事さえ治めきれなかった。自分では、とても王妃になんてなれなかったと改めて思う。

「寒いか？」

俯いたサーラに、ルースが声を掛けた。

心配してくれたのかもしれない。

「……大丈夫です。ただ、雷が怖くて」

こんなところで落ち込んで、ふたりに心配をかけてはいけない。

サーラは慌ててそう言うと、そっと窓から空を見上げた。

その瞬間に稲妻が走り、小さく悲鳴を上げる。

昔から雷は苦手だったが、公爵家の大きな屋敷と、この古びた木造の小屋では、感じる怖さは桁違いだ。

アリスも同じらしく、サーラの腕にしっかりと摑まって目を閉じている。

そんなふたりを見守っていたルースは、自分の外套を脱ぐと、それをふたりの肩にかけてくれた。

冷え切った身体に、温もりを感じる。細身に思えたのに、やはり男性だけあって彼の外套は大きく、サーラとアリスの身体をすっぽりと覆い尽くしてしまう。

雷からも、他の旅人の視線からも守られる安心感。

「あ……」

でもこのままでは、彼が冷えてしまう。

そう思って顔を上げた瞬間。

再び雷鳴が轟（とどろ）いて、サーラとアリスは揃（そろ）って悲鳴を上げた。

「いいから、そうしていろ。少しはましだろう」

ルースはそう言いながら、落ち着かせるようにふたりの肩に手を置いた。

大きな手の感触が、とても心強い。

雷が鳴り止むまで、彼はずっとそうしてくれていた。

（温かい……）

冷え切った身体に触れた温もり。

不思議な安心感を覚えて、サーラはそっと目を閉じた。

雨が少し小降りになったとき、他の旅人たちは先に小屋を出て行った。

だが、ルースは慎重だった。

空を見上げ、雷雲が遠くに移動した頃を見計らって、そろそろ移動しようと提案してくれた。

荷物はすべて彼が持ってくれたから、サーラはアリスの手をしっかりと握って、雨でぬかるんだ道を必死に歩く。

足取りがかなり危うかったのか、ルースはそう言ってくれた。

「そんなに急がなくてもいい。俺が迎えに行ったから、皆も心配はしていないだろう」

たしかに、ただでさえ歩きなれていない道だ。急げばそれだけ危険が増えるかもしれない。

「はい」

素直に忠告に従って、今度は慎重に歩く。

雨はまだ降っている。

きっと明日の朝まで止むことはないだろう。

それなのにサーラの心は、先ほどよりも少し軽い。

ルースはサーラとアリスを気遣って、なるべく歩きやすい道を選んでくれている。こうして気遣ってもらえるのが、こんなに嬉しいなんて知らなかった。

夕方近くになって、ようやく孤児院に帰宅することができた。

ほっとして建物の中に入ると、すぐにキリネが迎え出てくれた。

「ほら、三人とも早く着替えて。風邪を引くよ」

追い立てられるようにそれぞれの部屋に戻り、着替えをする。

サーラの部屋には、乾いた清潔なタオルと温かい飲み物が置かれていた。

キリネの心遣いだろう。

その優しさが、サーラの身体だけではなく心も温めてくれる。

(ずっとここにいたいな……)

人嫌いだと言われているルースでさえ、あんなにも優しい。

怖くて震えていたときに包み込んでくれた温もりは、カーティスたちのせいで男性が恐ろしくなってしまったサーラの心にも、深く染み渡る。

本気で、ここに残れるように修道院の院長と、孤児院の院長に頼んでみよう。

サーラはそう決意して、温かい飲み物を口にする。

少し薬草の匂いがした。

冷たい雨に濡れたサーラが風邪を引かないように、気遣ってくれたのだろう。

思いがけなく、ルースの過去の片鱗(へんりん)に触れてしまったのは、それから数日後のことだった。

たまたま手が空(あ)いたサーラは、水汲(みずく)みをしようと思い立つ。

孤児院にある小さな井戸はかなり深く、水汲みはなかなか重労働だ。

いつもならルースがしてくれていることだが、今日は朝からとても忙しそうだった。水汲みのためだけに呼び出すのは、気が引ける。

（手が空いた人が、できることをやったほうがいいよね）

サーラも少しずつ仕事を覚えてきたが、まだまだ他の人の手を借りずにできることは多くない。

水をいっぱいに入れた桶(おけ)はかなり重いが、厨房まではそれほど遠い距離ではなかった。

だから、頑張れば何とかなると思っていた。

でも水桶は、サーラが想像していたよりもずっと重かった。

何とか必死に運んでいたが、厨房に入ったところで、とうとうその重さに耐えきれずに水桶を落としてしまう。

「あっ……」

鈍い音が響き渡った。

水桶は勢いよく転がり、厨房が水浸しになっていく。

「ああ、どうしよう……」

サーラは慌てて水桶を拾い、おろおろと周囲を見回した。

以前よりはできることが増えてきたと、少し慢心していたのかもしれない。

はやく掃除しなければならないと慌てていたところに、たまたまルースが荷物を厨房に運び込んできた。

惨状を見て、一瞬で原因を悟ったのだろう。彼は呆れたような顔をしながらも、掃除を手伝ってくれた。

「忙しいのに、ごめんなさい」

かえって手間を増やしてしまった。

「無理はするな。水汲みは俺に任せておけ。怪我(けが)はないか？」

呆れていたからてっきり叱られると思っていたのに、そんな優しい声を掛けられて、思わず彼を見つめる。

「どうした？」

「……いえ。怒られるかもしれないと思っていたから」

「故意ではないのに怒る方がおかしいだろう。とにかく無理はするな。この町は大丈夫だが、町によっては水がとても貴重な場所もある」

「はい」

素直に頷くと、ルースはとても優しい顔をして頷き、孤児院の子どもにするように、サーラの頭を撫でた。

「……っ」

こんなふうに触れられるなんて思わなかった。

思わず頬を染めて彼を見上げると、ルースははっとしたようにサーラから離れた。

「すまない。つい、妹のことを思い出していた」

彼には妹がいるらしい。

きっと、サーラと同じような年頃なのだろう。いつもこうして、優しく頭を撫でているのかもしれない。

「妹さんがいらっしゃるのですね」

何だか微笑ましくなってそう言うと、彼は静かに目を伏せる。

「ああ。だが今はもういない。死んでしまったからな」

「え……」

思いがけない言葉だった。

そう言った彼の瞳があまりにも悲しそうで、サーラはもう何も言えずに口を閉ざした。

もう戻らない昔を懐かしんでいるような、悲しい目だ。そんな顔をしているルースに、どう声を掛けたらいいのかわからなかった。

「すまない。忘れてくれ」

サーラの視線に気が付いた彼はそう言うと、すぐさま厨房を出て行った。

その後ろ姿を見送ったあと、サーラはすぐに動くことができずに、その場に立ち尽くす。

(……っ)

どうしてこんなに、胸が痛いのだろう。

妹を亡くしたのはルースであって、サーラではない。

それなのに、自分のことのように胸が痛む。
サーラは自分の胸に手を当てたまま、しばらく厨房に佇(たたず)んでいた。
この痛みは、容易に消えそうになかった。

そんなことがあっても、何事もなかったように日々は過ぎていく。

変わったのは、たまにルースの姿を見かけると、少し胸が痛むことだ。

どうしてこんな気持ちになるのか、自分でもわからない。ただ、少しでも彼の悲しみが薄れるように祈るだけだ。

そのうち孤児院での生活にも少しずつ慣れてきて、あまり大きな失敗をすることもなくなっていた。

パンも上手に焼けるようになった。

子どもたちに読み書きを教えるのも楽しい。

カーティスのこともエリーのことも忘れて、充実した日々を過ごしていた。

キリネは教えるのが上手で、できないことがあっても丁寧に説明してくれる。だから彼女に色々なことを教わるのが、本当に楽しかった。

ずっとこんな日が続けばいいいと、願っていた。

だが、ある日のこと。

厨房（ちゅうぼう）で後片付けをしていたサーラは、孤児院の院長に呼び出された。

（何かあったのかしら？）

サーラは急いで院長室に向かいながら、呼び出された理由を考える。

院長とは毎朝、顔を合わせている。もちろん今朝もそうだった。夕食のあとにまた呼び出すなんて、明日の朝まで待てないような緊急事態だとしか思えない。

「サーラです」

院長室の扉を叩(たた)いてそう名乗ると、奥から優しい声がして、入室を促される。言われた通りに部屋の中に入ると、院長が椅子に座ったまま、優しく微笑(ほほえ)んでいた。

「急に呼び出してしまって、ごめんなさいね。緊急だと、これが届けられたものだから」

そう言って彼女が示した先には、一通の手紙が置かれていた。

「手紙、ですか?」

それを見て、思わず首を傾(かし)げる。

サーラには、手紙のやりとりをするほど親しい者は誰もいない。学園では友人はそれなりにいたが、家を追い出されたときに、その繋(つな)がりはすべて切れてしまった。

だが彼女たちは貴族で、自分は身分のない修道女。それも当然のことだと受け止めている。

「ええ。それと、修道院に一度戻ってほしいと言っていたわ」

終わりは、あまりにも突然だった。

「修道院に……」

存続を願っていた日常は、唐突に終焉(しゅうえん)を迎えた。

もともと手伝いのために来ていたのだ。いつかは帰らなくてはならないとわかっていた。

それでも、もっとキリネにたくさんのことを教わりたかった。

子どもたちの成長も見守りたい。

アリスは前に比べたら明るくなり、少しは息抜きができるようになったようだが、まだ心配もある。

それに、近頃はルースのことも気になっている。

浮かない顔をしているサーラに、孤児院の院長は向こうでの用事が済んだら、また手伝いに来てほしいと言ってくれた。

「わたしでいいのでしょうか?」

それを嬉しく思いながらも、迷惑もたくさん掛けてしまったことを思い出す。

もっと手際の良い人が来てくれた方が、キリネも助かるはずだ。

でも孤児院の院長は優しく微笑んで頷いてくれた。

「もちろんよ。子どもたちも懐いているし、私もあなたが来てくれたら嬉しいわ」

笑顔でそう言われて、思わず涙ぐみそうになる。

公爵家の令嬢でも王太子の婚約者でもないサーラを、受け入れてくれる人たちがいる。それが何よりも嬉しい。

ずっとここにいたい。あらためて、強くそう願う。

修道院に戻ったらそう頼んでみよう。

居場所を見つけたのだと、サーラは思っていた。

ここでキリネにいろいろなことを教わりながら、子どもたちの成長を見守っていきたい。

もう公爵家とは関わりのない娘がどこで生きていこうと、父も母も気にしないだろう。

だから、このささやかな願いは叶(かな)えられると思っていた。

そんなサーラの運命を変えたのは、一通の手紙だった。

「そういえば、緊急だったわね。これをあなたに渡すわ」

孤児院の院長に渡された手紙。

裏返してみたが、差出人の名前はない。

紋章もないシンプルな白い封筒に入っていた。誰からだろうと思いつつも、サーラはそれを受け取った。

「はい、ありがとうございます」

礼を言って、部屋に戻ることにした。一度修道院に帰るのだから、一応荷物をまとめなければならない。

通りかかったキリネに、一度修道院に帰らなくてはならないことを伝えると、彼女はとても残念だと言ってくれた。

「また戻ってくるんだろう？　サーラがいないと、あたしらも大変だからね」

そう言ってくれるのが、とても嬉しい。

できればそうしたいと告げると、キリネも喜んでくれた。

「ああ、そうだ。ちょうどルースに、隣町で買い物を頼んだんだ。送ってもらえばいいよ。あんたみたいな可愛(かわい)い子を、ひとりで歩かせると物騒だしね」

ここに来たときは無知だったから、変装してひとりで旅をすることができた。

でも今となっては、ひとりで出歩くのはたしかに恐ろしい。彼女の気遣いに感謝の言葉を伝えると、キリネはルースを呼んでくると言って歩き去って行った。

「ああ、そうだった。手紙……」

その後ろ姿を見送ったあと、手紙の存在を思い出して部屋に戻る。

（誰からかしら？）

今のサーラに、手紙を出す人などいるのだろうか。

不思議に思いながらも封を切る。文字に視線を走らせて、サーラは息を呑(の)んだ。

「お父様？」

手紙は、父からだった。

苦い思い出が蘇(よみがえ)ってきて、サーラは視線を逸(そ)らす。

父が自分に手紙を送るなんて、あり得ないことだ。とっさに読みたくないと思い、手紙を伏せる。

もし本当に父が自分に手紙を書いたのだとしたら、それはよほどのことが起きたに違いない。

（嫌だわ。でも……）

それでも、逃げ続けるわけにはいかない。

サーラは深呼吸をして覚悟を決めると、ようやく父からの手紙に目を通した。

想像していたように、それはあまり良くない内容だった。

サーラに拒絶されたカーティスは、一度王城に戻ったものの、翌日にまた修道院を訪れたらしい。

だが孤児院に移動していたサーラは、もういなかった。

彼が修道院の者に仔細（しさい）を尋ねると、彼女たちは、サーラは他の修道院に移動したと伝えたようだ。

驚いたカーティスは、何とサーラの父に直接サーラの居場所を尋ねたらしい。それが国王陛下の耳に入り、カーティスは呼び出されて、かなり叱咤（しった）されたようだ。

それも当然のことだ。

カーティスは従姉（いとこ）のユーミナスと婚約したのだ。

それなのに、前の婚約者であるサーラのもとに通うなど許されることではない。

どうして彼が、急にサーラに執着するようになったのかわからない。でもカーティスは、サーラに会いたい。会って、許してもらえるまで謝りたいと言ったそうだ。

サーラは思わず深い溜息（ためいき）をついた。

（あれほど言ったのに……）

彼に告げた言葉は、何ひとつ伝わっていなかったことになる。

あのときサーラが思ったように、カーティスは何も変わっていない。ただ対象が、エリーからサーラに変わっただけだ。

それだけでもサーラを疲弊させるには充分だったが、手紙にはさらに恐ろしいことが書かれていた。

国王陛下はカーティスに、いずれ王になるなら個人の感情は捨て、国のために生きなくてはならない。それができないのなら、王太子の地位を返上しろと迫った。

国王陛下にしてみれば、帝国と揉めることなく王太子を変更するチャンスだったのだろう。しかもカーティスはその言葉に従って、王太子の地位を返上すると決めてしまった。

こうして王太子はカーティスの異母弟の第二王子に代わり、従姉のユーミナスは、彼と婚約することになった。

「そんな……」

手紙を持つ手が震えていた。

王太子の交代は、むしろ喜ばしいと思える。

さすがにサーラにも、彼がいずれは立派な王になるとは思えなくなっている。ユーミナスの婚約も、カーティスの正妃になるよりはずっと良いことだろう。

恐ろしいのは、ここまでのカーティスの行動はすべて、父と国王陛下の狙い通りだったことだ。

父からの手紙には、サーラが王都を出てからのことが書かれていた。父と国王陛下にとっては、サーラを修道院に送ったのも、カーティスを廃嫡するための布石でしかなかった。

世間ではサーラは勘当されて修道院に送られたのではなく、聖女を騙るエリーに陥れられ、傷心のまま修道院に入ったことにされていた。

エリーはあれから、聖女を騙った罪人として裁かれたようだ。

彼女が聖女だということは、本当にカーティスたちしか信じていなかったのだ。

エリーは聖女を騙った罪、そして公爵令嬢であるサーラを陥れた罪で、厳しい処罰が下ったようだ。

（こんなことになるなんて……）

サーラは手紙から視線を逸らして、固く目を閉じる。

たしかに彼女には、つらい目に遭わされた。

許せないという気持ちもある。

でもエリーもまた、父と国王陛下に利用されて、今まで泳がされていたのだ。彼女だってサーラと同じように、父たちの駒であったことに変わりはない。

エリーは身分を剝奪され、流刑地である辺境に送られた。おそらく、生涯をそこで過ごすことになる。

そしてエリーが断罪されてから、父はサーラがカーティスのためにどれだけ努力をしたのか、どれだけカーティスのことが好きだったのかを語り、彼の罪悪感を煽り続けた。

実際には、父の言葉はほとんど嘘だ。

サーラはカーティスを好きだったことなど一度もないし、努力をしていたのもそうするように命じられていたからだ。

それなのに父は、サーラがカーティスを想って身を引いたように伝えていた。だからこそ彼は、あんなにしつこく修道院を訪れ、謝罪を繰り返していたのだ。

（ああ……。何てことを……）

手紙には最後に、修道院を出てカーティスと結婚し、彼の動向を見張って随時報告するようにと書かれていた。

どうやら国王陛下は、世間にはエリーのことは伏せるように命じたようだ。

たしかに聖女の話題は慎重になるべきこと。もしこのことが公になれば、本当に聖女と名乗るにふさわしい女性が現れても、偽者と疑われることを恐れて名乗り出ない可能性だってある。

一番大きな問題は、カーティスは家を出たサーラを追って王城を飛び出したという、物語にあるような美談にしたことだ。

父に勘当され、自由を得たと思っていた。

でもそれは、父の作戦でしかなかったのだ。サーラはあくまでも公爵家の娘であり、今も父の政略の駒でしかない。

気が付けば手紙を持ったまま、サーラは声を押し殺して泣いていた。

ただ黙って父の言う通りに動いていた頃なら、その言葉に従っていたかもしれない。

元々、カーティスは婚約者だったのだ。

彼と結婚することは、サーラの義務だった。でも、一度自由を経験してしまった今となっては、それは苦痛でしかない。

描いていた未来への希望も、ささやかな願いもすべて奪われて、サーラはその場に崩れ落ちた。

「もう嫌……」

公爵家の娘として生まれた以上、父の命令には従わなければならない。

でもこれからずっと父の駒として、カーティスが担ぎ上げられないように、変な野望を抱かないように見張り、愛情を抱いていない相手と夫婦として生きていかなければならないのか。

ろくに話も聞かず、エリーの言葉だけを信じて、あんなに自分を罵り、蔑んだカーティスと。

「サーラ？　どうしたんだい？」

泣いている声が、聞こえたのかもしれない。

キリネが慌てて部屋の中に駆け込んできた。

その言葉に答えることもできずに嘆くサーラの肩を、おろおろと抱き寄せる。

「ああ、泣かないでおくれ。いったい、何があったんだい？」

心配そうなキリネの言葉にも、サーラはただ首を振って泣くことしかできなかった。

「生きていてもこんなことしかないなら……。もう、死んでしまいたい……」

呟いた言葉は、衝動的に口にしてしまったものだった。

だが、キリネに呼ばれてサーラを迎えにきていたルースが、ちょうどそれを聞いてしまう。

「サーラ？」

名前を呼ばれて、顔を上げた。

涙が、溢れているのがわかる。きっとひどい顔をしているのだろう。

「何があった？」

優しい声にますます涙が止まらなくなっていく。

つらかった。

苦しくて仕方がなくて、この胸の内を誰かに聞いてほしかった。

だからサーラは、心配そうに背を摩ってくれたキリネと、気遣うような視線を向けてくれたルースに、相手が王太子であることだけは伏せて、すべてを打ち明けていた。

父から手紙が来たこと。

その命令によって、一度サーラとの婚約を破棄した男と結婚しなければならなくなったことを、途切れ途切れの言葉で伝える。

本当はふたりに、こんなことを打ち明けるべきではない。

でも、言葉にしないと耐えられなかった。

ふたりはサーラの話を静かに聞いてくれた。

「ひどい話だね。こんなにいい子が、どうしてそんな男と……」

キリネはサーラのために怒ってくれた。それだけで、少し心が軽くなる。

そして静かに話を聞いていたルースは、ふいに震えるサーラの手を取った。

突然のことに驚いて彼の顔を見上げると、怖いほど真剣な瞳が、まっすぐにサーラを見つめていた。

「死ぬくらいなら、自由を得るために戦え。俺がここから連れ出してやる」

「えっ……」

サーラは呆然(ぼうぜん)として、自分の手を握っているルースを見つめた。

逃げるなんて、考えたこともなかった。

父に命じられた以上、どんなにつらくても命令を実行するしかないと思っていた。

でもルースは、そんなサーラに戦えと言う。

「戦う？　お父様と？　そんなこと……」

できるはずがない。

とっさにそう思った。

孤児院での生活で、ようやく自由になれたと思っていたのに、自分は今でも父親に支配されたままなのだと気が付いた。

（でも、このままでいいの？　わたしはこれからも、ただお父様に言われるままに生きていくの？）

死ぬくらいなら、自由を得るために戦え。

そう言ったルースの言葉が、サーラの心を強く揺さぶった。

サーラの前には常に、父によって用意された道があった。

生まれたときからずっと続く道だ。それ以外の生き方など知らなかった。

でもこの孤児院に来てから初めて、サーラは自分の意志で生きていくことを知った。義務だったカーティスの相手を面倒だったと感じ、追い出すような言い方をしたのもあれが初めてだった。

自由がほしい。

自分の意志で生きたい。

それが今の、サーラの心からの願いだ。

（でも……）

父の手から逃れるようなことが、本当にできるのだろうか。

今まで関わってくれた人たちに、迷惑を掛けてしまうのではないか。

サーラを連れ出したと知れたら、ルースだって罪に問われてしまうかもしれない。

（そんなのは嫌。わたしが我慢すればきっと……）

カーティスは今でこそ反省しているように見えるが、サーラが手に入ったと知れば、また別の女性に心を移すかもしれない。

エリーや従姉のユーミナスにしたことを考えても、きっと彼はそういう人間だ。

「余計なことを考えるな」

思い悩むサーラに、そんなルースの言葉が聞こえてきて、顔を上げた。

「誰かのために、自分自身を消費するな」

突然の展開に驚いて、サーラとルースの顔を交互に見つめていたキリネは、ルースの言葉に深く頷いた。

「そうだよ。自分から不幸になることなんてないよ。死にたいくらい嫌な結婚なら、逃げてしまってもいいいんだから」

「でも、この孤児院に迷惑が掛かってしまったら……」

サーラを逃がしたと知れば、父は激怒するだろう。そう言いかけたサーラに、キリネは言い聞かせるように言う。

「この辺りは、物騒だからね。旅人が行方不明になることも、珍しくはないんだ」

大切な娘ならそんな地方に預けたりしないし、護衛をつけるはずだというのが、彼女の主張だった。

「迎えもよこさずに行方不明になったからといって、こっちが責められる謂れはないよ。しかも、孤児院ではちゃんとルースを護衛につけるんだからね」

もしサーラがルースと行方不明になってしまっても、孤児院には非はない。

だから心配はいらないと、キリネは力強く言う。

そもそも彼女たちは、サーラが公爵令嬢であり、王太子であったカーティスの婚約者だったということも知らされていないのだ。

知らないことの責任を取れというのは、いくら何でも理不尽すぎる。

チャンスは、一度だけ。

修道院に戻ってしまったら、もう逃げだすことはできないだろう。

揺れる心。

どうしたらいいのかわからずに、サーラは自分の胸に手を押し当てる。

「自分がどうしたいのか、よく考えてごらん」

「わたしが……」

「そうだよ。子どもは親の道具じゃないんだ」

励ましてくれるキリネと、黙って見守ってくれているルース。

ふたりの視線を受けて、サーラは自分の気持ちを思い切って言葉にしてみる。

「わたしは、自由に生きたい。今までのわたしを捨てて、新しい自分に生まれ変わりたい……」

そう言葉にした途端、ふたたび涙が頬を伝う。

生まれ育った場所を遠く離れて、初めて抱いた願望。

父に逆らってはいけない。

この国のために生きなくてはならない。

幼い頃からそう教え込まれてきた。

でも父に送られたこの場所で、サーラは自分自身の意志を得た。

縋（すが）るように見上げると、ルースは穏やかな笑顔でしっかりと頷いてくれた。

「よく言えたな。その願い、俺が叶えてやる」

ルースは優しく笑ってそう言ってくれた。

まるで幼い子どもを褒めるように頭を撫（な）でられた。

「出発する準備ができたら、院長に挨拶をして、門のところまで来い」

「待って。どうしてわたしを助けてくれるの？」

そのまま立ち去ろうとしている彼に思わず追い縋って、そう尋ねる。

ルースにサーラを助ける理由なんて、ひとつもないはずだ。

むしろ危険なことばかり。父はきっと、逃げた娘に容赦などしない。

「ただの自己満足だ。お前が気にする必要はない」

「でも……」

「とにかく、急げ。話は後からでもできる」

そう言うと、振り返ることなく立ち去っていく。

「……ルースも、訳ありなんだよ」

そんな彼の後ろ姿を見送って、キリネはぽつりとそう言った。

「ずっとここにいるのが、ルースのためになるとは思えない。だからふたりで、ここを出たほうがいいよ」

彼女はある程度、ルースの事情を知っているようだ。

「大丈夫。院長先生とアリスには、あたしがちゃんと事情を説明するからね」

「はい。ありがとうございます」

アリスには、心配をかけたくない。

そう思っていたから、キリネの心遣いは有り難い。

とにかく急いで準備をしなくてはと、キリネに追い立てられるようにして、サーラは旅支度を始めた。

部屋でひとりになったサーラは、ふと手を止めて考える。

彼を巻き込んでまで、自分の意志を押し通すのは本当に正しいことなのか。

（わたしは……）

どんなに考えても答えは出ないまま、それでも荷物をまとめて孤児院の院長に挨拶をする。キリネも見送りにきてくれた。

キリネに聞いたのか、院長は黙って送り出してくれた。

サーラがこれからすることをすべて受け入れ、応援してくれているかのような、優しい目だった。

その隣にいるキリネは、これが最後だと知っているから、少しだけ目が潤んでいる。それを見るとサーラも泣いてしまいそうになるが、今は堪えなければならない。

「本当に、お世話になりました」

ふたりに、サーラは深々と頭を下げる。

失敗ばかりのサーラを見捨てず、何度失敗しても経験にすればいいのだと優しく教えてくれた。

その優しさに触れなければ、こうして戦う勇気が持てなかったかもしれない。

子どもたちもサーラとの別れを嫌がり、縋って泣いてくれた。キリネと院長が宥めてくれなかったら、出発することができなかったくらいだ。

「サーラさん」

「アリス」

走り寄ってきたアリスは、サーラを見上げ、目を潤ませながらも笑顔を向けてくれた。

「私はもう大丈夫です。だから心配しないでください」

自分に似ていると思っていたアリスだったが、いつのまにかサーラよりもずっと、強くなっていたようだ。

「ありがとう、アリス。あなたのこと、忘れないわ」

何度も別れを惜しんでようやく門前に辿り着くと、ルースが待っていた。

彼は荷物も何も持たず、身ひとつだ。

表向きはサーラを隣町の修道院に送り、買い物をして帰るだけの予定なので、仕方ないのかもしれない。

「行くか」

「……はい」

彼の声に、まだ迷いながらもサーラは頷いた。

「来たときは、ひとりだったそうだな。何事もなかったからいいが、無謀すぎるぞ」

「そうですね。キリネさんにも叱られました。でも、あのときはただ必死で」

カーティスから逃れたくて、ただそれだけを思って急いだ。あまりにも急ぎ過ぎて、しばらく足が痛くて眠れないほどだったと思い出す。

「見張りはいないようだな。途中から裏道に入る。少し急ぐが、大丈夫か?」

「ええ。わたしなら大丈夫です。でも、本当にあなたを巻き込んでいいのかわからなくて……」

まだサーラは迷っていた。

「こんな状況に追いやられても、他の人間の心配をするのか。ただ俺は、妹にできなかったことを、代わりに君にやっているだけだ。自己満足だと言っただろう?」

「妹……」

そういえば彼は妹がいると言っていた。そして、その妹はもう亡くなっていると。

「とにかく俺のことは気にするな。今は自分のことだけを考えろ」

「……はい」

彼には、詳しい話をするつもりはないらしい。

亡くなった妹の話と言われてしまえば、こちらから聞けるようなことでもない。

ただ彼にとって、サーラを助けることが救いになるのかもしれない。

そうだとしたら、差し伸べられた手を払いのけるようなことはしてはならないと、サーラは思った。

「はい。よろしくお願いします」

ルースがどんな過去を抱えているのか、サーラにはわからない。彼が話してくれない以上、探るつもりもない。

だからその悲しみが少しでも癒されるように、ひそかに祈ることしかできなかった。

人通りが途絶えた頃を見計らって、ルースは裏道に入った。サーラも慌てて彼の後を追う。

草が生い茂り、本当に道なのか疑いたくなるくらいの悪路だ。石に足を取られて、何度も転びそうになる。

ルースは無言で、サーラの荷物を引き受けてくれた。

「あ、ありがとうございます」

慌てて礼を言ったが、彼は軽く頷いただけだ。

でも重い荷物がなくなって身軽になったことで、とても歩きやすくなった。

それでも気持ちばかり焦る。

(急がないと……)

父は、サーラが逆らうなんて思ってもいないだろうから、サーラが修道院に戻ったかどうか、きっと確認しない。

サーラが戻らないことを心配した修道院が孤児院に確認するのが先か。もしくは王城を出たカーティスがサーラを訪ねるのが先か。とにかくそこでようやく判明するはずだ。

だから今は、少しでも町から離れなくてはならない。

このまま人気(ひとけ)のない暗い道を歩き、今日は森で野営をして、早朝に港町を目指すとルースは言った。

(野営……。外に泊まるということよね?)

初めての経験ばかりで少し不安になるが、自由を選び、父に逆らう道を選んだのはサーラ自身だ。

何の見返りもなくサーラを助けてくれるルースに、あまり迷惑を掛けないように頑張らなくては。

そう決意して、ただひたすら道を歩いた。

それでも公爵令嬢として暮らしてきたサーラの身体は、それほど頑丈ではない。生い茂った草を掻き分けるようにして森に入ったときには、もう疲れ切っていた。

歩き続けていた足も痛む。

「ここで少し休むか」

もう周囲も暗くなっている。そんなサーラを見てルースはそう提案した。

「……でも」

サーラの歩く速度が遅かったせいで、町からそれほど離れていない。追っ手はまだ来ないとわかっていても、不安になってしまう。

そんなサーラの不安が伝わったのだろう。

「心配するな。そう簡単には見つからない」

ルースはそう言うと、サーラの荷物に忍ばせておいたものを取り出して、野営の準備を始めた。

そんなに多くのものは持ち出せなかったから、最低限のものしかない。開けた場所に木の枝などを集めて火をおこし、柔らかい草の上に毛布を敷いて、サーラを座らせてくれた。

「靴を脱いだ方がいい。足が楽になる」

「ええ、ありがとう」

少し恥ずかしかったが、言われた通りに靴を脱ぐ。

調理用の道具は何もないので、夕食には水とパンしかない。それも今夜の分だけだ。明日の朝になったらすぐに港町を目指すしかない。

「わたし、孤児院に来て、初めてパンを焼きました」

少し硬くなったパンを手渡されて、サーラは孤児院での生活を思い出す。

わずかな間だったが、あそこで学んだことは一生忘れないだろう。

「もちろん最初は、全然うまくできなかったんです。でも、キリネさんはわたしを叱ったりせずに、丁寧に教えてくれて」

ルースは、そんなサーラのひとりごとのような言葉を黙って聞いてくれた。

「失敗してもいいと言われたのは、初めてでした。だから、何かに挑戦するのは、とても楽しいことだと知ることができました」

公爵家でも、王城での妃（きさき）教育でも、サーラは常に完璧であることを求められていた。

初めてだとしても、失敗など許されなかった。

だからいつも気を張っていて、楽しいなどと思ったこともなかった。

でもパン作りも掃除も洗濯も最初は失敗ばかりだったが、少しずつ慣れて、できるようになっていくのが楽しかった。

「そういえば、ずいぶん歪（いびつ）な形をしたパンがあったな。てっきり子どもたちが作ったものだと思っていたが、あれは君だったのか」

ルースがぽつりとそう言い、サーラは思わず頬を染める。

「たぶん、わたしです。すみません、そんなものを……」

「見た目は歪でも、味は変わらない。謝る必要はない」

「……ありがとうございます。でもいつか、キリネさんみたいにうまく焼けるようになりたいです」

「そうか」

サーラの言葉に、ルースは少しだけ表情を和らげる。

「これからの人生に、目標があるのはいいことだ」

「これから……」

「そうだ。父親から離れて自由を得たあと、どう生きるのか。それを考えることも大切だ」

彼の言うように、これからも人生は続いていくのだ。

修道院を離れてしまったのだから、自分で生活費などを稼がなくてはならない。住むところや、着るものなども必要となる。

「そう、ですね。わたしはこれから、ひとりで生きていかなくては」

生きていくのは大変だ。修道院と孤児院の生活で、サーラはそれを思い知った。

「今からそんなに気負う必要はない。ひとりで生活することができるようになるまで、俺が補助する。だから、心配するな」

「……」

どうしてそこまでしてくれるのだろう。

聞きたかった。

でも、ルースの妹に関わる話だろうから、迂闊に聞くこともできない。

きっと彼にとって、つらい話だ。

「本当にいろいろと、ありがとうございます。どうやって恩返しをしたらいいのか、まだわかりませんが……」

だから、代わりにそう言った。

「そんなものは必要ない。だが、君が父親からも元婚約者からも逃げきって、ちゃんとしあわせになる姿が見られたら、俺は少しだけ、自分を許せるようになるのかもしれない」

ルースはそう言って、寂しそうに笑った。

日が落ちた森は、完全に暗闇に閉ざされていた。月も星も見えないのは、生い茂った木々が空を覆っているからだろう。

唯一の灯りは、目の前にある薪の炎だけ。

サーラは、地面に敷いた毛布の上に横たわりながら、ぼんやりとその炎を見つめていた。

ときどき強い風が吹いて、炎が揺れる。

ルースはそのたびに、火が消えないように薪を足したり、位置を調整したりしている。

(まるで、わたしみたい……)

その炎を見つめながら、ふとそんなことを考える。

少しの風で簡単に消えてしまいそうなのに、彼がこうして手を掛けてくれたので、今も燃えることができる。

生きていくことができるのだ。

さきほどの、彼の言葉を思い出す。

彼は妹の死に関して、何か深い後悔を抱えている様子だった。

自分を許せないと思うほどの悔恨。

ルースがいつも悲しげな瞳をしていた理由が、少しだけわかったような気がした。

「眠れないか？」

ぼんやりとそんなことを考えていると、ルースが声を掛けてきた。

「……何だか目が冴えてしまって」

疲れているはずなのに眠れなくて、サーラは頷く。

「野営なんて初めてだろう。当然だ。眠れなくても、目を閉じて身体を休めた方がいい」

「はい」

素直に頷いて、目を閉じる。

ルースはちゃんと休めるだろうかと気になったが、むしろこれから足手まといにならないように、しっかりと体力を回復させるべきだ。

どこからか、鳥の声がした。

まるで仲間を呼んでいるかのような、切ない鳴き声だ。それを聞いているうちに、いつのまにか意識が薄れていた。

目が覚めると、辺りはほんのりと明るくなっている。まだ太陽は顔を出したばかりのようで、白い光が木々の間から漏れていた。

「起きたようだな」

声を掛けられて振り返ると、火の始末を終えたルースがサーラを見つめていた。

「人通りが多くなる前に、港町に辿り着きたい。すぐに出発しようと思うが、大丈夫か？」

「はい、大丈夫です」

サーラは頷くと、服装を整えて毛布を鞄にしまう。

パンはもうないので、水でのどを潤し、港町に向かう。歩き続けた足は痛んだが、立ち止まるわけにはいかない。

昨日は野営のために森に入ったようで、すぐに街道に戻った。石だらけの道から歩きやすい道になって、随分と楽になる。

ルースは周囲を警戒しながらも、慣れた様子で先を進む。

最初に彼を見たときはひどく痩せていて、力仕事も行う雑用係には見えないと思っていたのに、やはりサーラとは体力が桁違いのようだ。

しかも朝食を食べていないので、少し身体がふらふらする。

普段からあまり食べない方だが、それでも食事というものは思っていた以上に大切なものだと思い知る。

（きちんと毎日食事ができるって、とてもしあわせなことだったのね）

修道院で暮らしていたときでさえ、当たり前すぎて気が付かなかった。修道女でありながら日々の生活に感謝しないなど、あってはならないことだというのに。

自覚していなかっただけで、まだ貴族であることから抜け出し切れていなかった。修道女になった、もう公爵家とは関係ないと思いながらも、与えられた環境に甘えていたのだ。

でもこれからは、食べるものにも困ることがあるかもしれない。厳しい生活になるだろうが、それでも自分自身の力で生きていかなくては。

(わたしは父から逃げ出しただけで、何かを成し遂げたような気持ちになっていた。でも、父の保護下から抜け出したあとも、きちんと生きていけるようにならなければ)

そう決意しながら、ひたすら歩く。

歩くたびに足に痛みが走るが、この痛みさえも、新しい自分に生まれ変わるために必要なものに思えた。

そうして歩いているうちに、街道にもまばらに人の姿が見られるようになってきた。荷物をたくさん抱えた行商人や、その護衛らしき者。近くの村から野菜や果物を売りに来た人たち。

サーラもルースとともに、彼らに交じって港町を目指した。

港町は人が多くて危険ではないかと思っていたが、たしかにこうして人の中に紛れると、かえって安心なのかもしれない。港町は王都と違って人の出入りが多く、よほどあやしい者ではない限り、検問もないらしい。

そうしてようやくサーラは、目的地である港町に辿り着くことができた。

まずは朝食を、ということで、朝早くから開いている市場に向かう。大通りの両側にはさまざまな屋台があって、おいしそうな匂いがしていた。

どれもサーラにとっては珍しいものばかりだったが、観光ではないのだから浮かれているわけにはいかない。

パンと果物を買うと、市場のすぐ近くにある公園のような場所で食べることにした。公爵家の食事と比べると随分シンプルなものだが、歩き回ったあとの食事は本当においしかった。

「昨日はほとんど眠っていなかっただろう。今日は宿に泊まって休息しよう」

「宿ですか？　でもわたしはお金を持っていなくて……」

公爵家からは宝石ひとつ持ち出さなかったので、わずかなお金しか持っていない。朝食だってルースに買ってもらったほどだ。

「そこは心配するな。ひとりで暮らせるようになるまで、面倒を見ると言ったはずだ」

さすがに、そこまで面倒を見てもらうのは心苦しい。でも、今は彼に頼るしか方法がなかった。

「……申し訳ありません」

「謝る必要などない。ただの自己満足だ」

そう言ってルースは、自嘲気味に笑う。その横顔に、サーラは頭を下げた。

「そうだとしても、わたしが助けられているのは事実ですから。本当に、ありがとうございます」

ルースはそんなサーラを見て驚いた様子だったが、わずかに表情を緩めて微笑んだ。

「そうか。それなら、よかった」

サーラは思わず息を呑む。

いつも無愛想で悲しげな顔ばかりだった彼の、自然な笑顔を見たのは初めてかもしれない。

それを見た瞬間、胸の奥がずきりと痛んだような気がして、思わず胸を両手で押さえる。

過去に何があったのかわからないけれど、きっと彼だって、昔はこうして普通に笑っていたのだろう。

サーラは無意識に手を組んで、祈りを捧げていた。

何の見返りもなく自分を助けてくれるこの優しい人が、また笑えるようになりますように、と。


朝食のあと、ルースは人で賑わう大通りに宿を取ってくれた。

それほど高級でもなく、治安が悪いほどの安宿でもない。

ほぼ満室だったため、部屋はふたり一緒になった。ルースは自分は別の宿を探そうとしていたが、サーラが止めた。

これ以上彼に、手間を掛けさせるわけにはいかない。それに、見知らぬ町でたったひとりになるほうが不安だった。

今日泊まることになった宿屋は、木造の二階建ての建物だ。

古びてはいるが、明るくて優しい雰囲気の宿のようだ。女性客も多く、受付や階段の踊り場には小さな花が飾られていて、旅の疲れを癒してくれた。

ふたりに宛がわれたのは、二階の角部屋だった。客に女性が多いからか、各部屋にしっかりと鍵がついている。ルースがこの宿を選んだのも、それが理由のようだ。

鍵を開けて、扉を開く。

ルースが先に入り、サーラはそのあとに続いた。

寝台がふたつ。テーブルがひとつに、椅子がふたつ。

あとは荷物を置くスペースがあるくらいの狭い部屋だ。窓には手縫いのカーテンが下げられている。ルースはすぐに、その窓にも鍵がついていることを確認すると、カーテンを閉めた。

「疲れただろうから、休んだほうがいい」

そう言われて、素直に寝台に横たわる。

たった一日野営をしただけ。

でも、こうして横になって眠れるのは、とてもしあわせなことだと思う。

むしろ今までの自分が、何も知らなかったのかもしれない。

父に支配され、ただその命令に従うだけの日々だったが、衣食住に困ったことは一度もなかった。それだけで、とても恵まれていたのだ。

疲れ果てていたこともあり、昨日の夜とは違ってゆっくりと眠ることができた。それどころか、そのまま昼過ぎまで眠ってしまったらしい。

自分が思っていたよりも疲れていたらしく、目が覚めたとき、ここがどこなのかすぐに思い出せなかったくらいだ。

（そう。わたしは、ルースさんと一緒に逃亡中だったわ）

ふと視線を横に向けると、隣の寝台には誰もいない。

休んだ形跡もなかった。

彼も昨日は一睡もしていなかったはずだ。

大丈夫なのかと心配になるが、少なくともサーラよりは体力があるのは間違いない。

まだ少し、頭がぼんやりとしていた。

サーラは寝台に腰を掛けたまま、わずかに開いたカーテンの隙間から港町の様子を見つめた。

ここから見える港には、大きな船が何艘(そう)も連なっている。

そして、その先には大海原が広がっていた。

太陽の光が海面に反射して、キラキラと輝いていた。その壮大な景色を眺めていると、なぜか涙が溢れてきた。

理由はわからない。

何もかも受け入れてくれるような自然の雄大さに、心を打たれていたのだろうか。

扉の鍵を開ける音がして、我に返る。

振り返ると、たくさんの荷物を持ったルースの姿があった。

身ひとつで出てきた彼には、いろいろと準備が必要だったのだろう。それらを買いそろえて、部屋に戻ってきたようだ。

「目が覚めたか」

「ええ。ごめんなさい。すっかり眠ってしまって」

「いや、あれくらいではまだ疲れは取れないだろう。軽く食事をして、もう少し休んだ方がいい」

ルースはそう言って、買ってきた夕食をサーラに渡してくれた。

港町らしく、海鮮のスープに柔らかいパン。そして果汁水だった。スープはまだ温かく、疲れた身体に染みわたるようだ。

「ルースさんは？」

「俺は大丈夫だ。情報収集のために、食堂に行ってきた」

そしてその店で売っていたものを、持ち帰ってくれたようだ。

「ありがとうございます」

そう礼を言うと、彼は少しだけ頷いた。

「もう少し休んだほうがいい。出発は、明後日（あさって）だ」

「明後日……」

てっきりすぐに旅立つと思っていたサーラは、その言葉に驚く。

そして港町に辿り着いてからどう動くのか、まだ彼に聞いていないことに気が付いた。

「ここから、どうするのでしょうか？」

「ああ、まだ説明していなかったな。この国を出るつもりだ」

ルースはそう言うと、視線を窓の外に向けた。

「この国を、ですか？」

生まれ育った国から離れると聞いても、サーラはあまり寂しく思わなかった。

自分は薄情なのかもしれない。

でもこの国に留まっても、父に見つかってカーティスと娶（めあわ）せられるだけ。

自由を求めるなら、他国に渡ったほうが安全で、確実だ。

「北にあるティダ共和国のことは知っているか？」

「はい。とても厳しい気候の国ですが、人々は自由に暮らしていると聞きました」

「そこを目指して旅立つつもりだ」

それは夢のような、身分のない世界。

だがその分、非情なまでに実力主義だという。努力して結果を出した者は成功して、そうできなかった者は没落する。

この国ではありえないことだ。

サーラはどんなに努力しても、それが認められたことは一度もなかった。むしろ、要求だけがどんどん大きくなっていった。それがもうなくなると思っただけで、生きる気力も湧いてくる。

ルースは、これからの予定を説明してくれた。

「港から船に乗って、まずルメロ王国の港町に向かう。そこからは辻馬車や徒歩で、共和国を目指す。船に乗ったことはあるか？」

「いいえ、一度も」

「そうか。ならば酔い止めの薬を買っておいたほうがよさそうだ。目的地に向かう船が出るのは、明後日だ。それまでゆっくりと身体を休めた方がいい」

「……はい、わかりました。いろいろとありがとうございます」

そう説明してもらったあと、ベッドに横になった。

この旅の目的地は、身分制度のない自由な国であるティダ共和国だとわかった。
きっとそこでなら、サーラは自分が望むままに、自由に生きられるだろう。

第四章

だが予定していた日に、船に乗ることはできなかった。

旅の疲れからか、もしくはようやく父の手から逃れられたという安心感からか。サーラは港町に辿り着いたその翌日に、熱を出して寝込んでしまったのだ。

公爵家を追い出されてから、ずっと慣れないことの連続だった。

それほどつらい日々ではなかったと思っていたが、身体は疲弊していたのかもしれない。

一刻も早くこの国を出てティダ共和国に行きたいと思っているのに、自由にならない身体に憤りを感じる。

それに、ルースにも迷惑を掛けてしまった。

「ごめんなさい……」

予定が狂ってしまったことを詫びる。

船の手配もしてくれていただろうに、すべてキャンセルしなければならなかった。

だが彼は、一度もサーラを責めなかった。

「謝罪の必要はない。船の手配もすべて君のためだ。君が乗れないのなら、意味はないのだから」

そう言って、熱を出したサーラの面倒を見てくれる。

彼にはそうする事情があるとわかっている。

ルースは、亡くなってしまった妹と、サーラを重ねて見ているだけだ。

でも、こんなにサーラのことだけを考えて動いてくれた人は、今までいなかった。

思わず涙が滲みそうになる。

「ここなら人が多いから、しばらくは安全だろう。船旅はそれなりに過酷だ。ここでしっかりと体力を回復させてから進もう」

「……はい」

食欲はあるかと聞かれたが、何も食べられそうにない。

申し訳ないと思いながらも首を横に振ると、ルースは市場まで出て、果物や柔らかいパンなどを買ってきてくれた。

「食べられそうなものがあったら、少しでもいいから食べろ。だが、無理はしなくていい」

それからサーラの額にそっと手を当てると、難しい顔でまだ熱いなと呟く。

「もし少しでも何か食べられたら、薬を飲んだほうがいい。解熱薬がある」

彼の手はとても冷たくて、熱のある身体には心地良かった。

外は寒いのかもしれない。

そんな中、自分のために色々と買ってきてくれたのだからと、サーラは目の前に並べられた中から林檎を選ぶ。

「これか？」

こくりと頷くと、ルースは器用にそれを剝いて、食べやすく小さく切ってくれた。その器用さに感心していると、ルースはサーラの視線に気が付いてわずかに笑みを浮かべる。

「俺も孤児院に来た当初は不器用で、何もできなかった」

「え、本当ですか？」

今の彼を見ていると、とてもそうは見えない。

思わず聞き返したサーラに、ルースは頷く。

「ああ。ウォルトに色々と教えてもらったよ」

ウォルトはもともと孤児院にいたらしい。

サーラがキリネにたくさんのことを習ったように、彼もまた孤児院で雑用をしてくれているウォルトに学んだようだ。

そう思うと何だか親近感が湧いてきて、思わず微笑む。

促されるままに剝いてもらった林檎を食べて、薬を飲む。

「もう少し眠ったほうがいい。きっと薬が効いて、楽になるはずだ」

「ええ。ありがとう……」

布団に潜り込みながら礼を言うと、小さな子どもにするように頭を撫でられた。

両親にだって、こんなに優しく触れられたことはない。

何だか恥ずかしくなって、慌てて目を閉じる。

そのまま静かにしていると、彼は部屋を出ていく。

部屋がなかったために、部屋は同室だったが、ルースはサーラが休んでいる間はいつも、こうして外に出てしまう。

気遣ってくれているのだろう。

でもサーラは、ルースがきちんと休めているか心配だった。

今度彼が戻ってきたら、自分はかまわないからしっかりと休んでほしいと伝えよう。そう思っているうちに、いつのまにか眠ってしまったようだ。

目が覚めると、周囲は暗闇に満ちていた。すっかり日が暮れてしまっている。

ゆっくりと眠ったからか、身体は随分軽くなっていた。

薬が効いたのかもしれない。

周囲を見回してみるが、やはりルースの姿はない。代わりにパンと果物がサイドテーブルに並んでいた。

水とお茶も用意してある。

熱が下がったお陰で、食欲も少し戻ったようだ。

パンと果物を少し食べて、水分補給もしっかりとする。食事を終えた頃に、ルースも戻ってきた。

「気分はどうだ？」

「ええ、とてもよくなりました。ありがとうございます」

礼を言うと、彼は何もしていないというように首を横に振る。

「今日はこのまま眠ったほうがいい。俺は出かけてくる。鍵は閉めておくから、心配せずにゆっくりと休め」

「あ、待ってください」

そのまま部屋を出ようとするルースを呼び止めた。

「どうした？」

「わたしは大丈夫です。だから、ルースさんもここで休んでください。わたしのせいで、あなたが体調を崩してしまったら……」

もし彼が、本当に用事があって外出していたのなら、見当違いなことを言ってしまったことになる。

でも、サーラには不思議な確信があった。

きっと彼は、自分を気遣って外に出ているのだ。

「俺ならこれくらい何でもない。それに、君がゆっくり休めないと意味がない」

サーラが確信したとおり、ルースはそう言って首を横に振る。

大丈夫だと繰り返し告げ、むしろ心細いから傍（そば）にいてほしいと訴えると、ようやくルースは同じ部屋で休むことを承諾してくれた。

だがこれがきっかけで彼の過去に触れてしまうなんて、このときはまったく思わなかった。

薬のお陰で熱も下がり、少しずつ体力も回復してきた。

そうなると少し余裕が出てきて、サーラは寝台に横たわったまま、カーテンの隙間から港町の様子を見つめていた。

見えるのは、賑（にぎ）やかな大通りの様子。

買い物をする町の者や、港を利用する旅人。商人もいる。

たくさんの人たちが、それぞれの人生を生きていた。

（わたしの人生は、これからどうなるのかしら……）

ふと、自分自身のことを顧みる。

公爵家の娘として生まれ、王太子の婚約者となり結婚する。それは、変わらない未来だったはずだ。

それなのに今のサーラは、家族も身分も何もかも捨てて、異国の地に旅立とうとしている。

変わらない未来など、ないのかもしれない。

今まで生きてきた世界を出て、初めて知ったことがたくさんある。

たとえあのままカーティスと結婚して王太子妃、そして王妃になったとしても、大勢の人たちの日々の営みを、これほど間近で見つめることはなかっただろう。

突然の王太子の交代によって、今頃王城は大騒ぎになっているだろう。

貴族たちも騒然としているに違いない。

でも町で暮らしている彼らには、そう大きな混乱は見られない。

まだ即位していない王太子が交代しようと、彼らにとってはそんなに騒ぐほどのことではないのかもしれない。

そしてサーラもまた、孤児院を自分の意志で出たときから、平民である。しかも数日後には、この国を出るつもりだ。

（誰が王太子になっても、もうわたしには関わり合いのないことだわ）

こうして町の様子を見ているうちに、そう思えるようになっていた。

（わたしはこれから、わたしの人生を生きていく）

いままでの人生との決別。

そして、これからひとりで生きる決意をあらたにする。

ルースには迷惑を掛けてしまったが、この国を出る前に、こうして決意することができたのは、よかったのかもしれない。

今日は船が到着したらしく、港町はいつも以上に混み合っているようだ。外に出ないほうがいいと判断したルースが、昼食を持ってきてくれた。

昨日、サーラが同じ部屋にいてほしいと頼んだので、次から食事も共にすることになった。行動食ではないきちんとした食事を、彼と一緒に食べるのは初めてだ。

少し緊張しながら、向かい合わせに座る。

こうしてルースと一緒に食事をしてみて、気が付いたことがある。

彼はおそらく上流階級の人間だ。

しかも、裕福な市民や下位貴族クラスではない。間違いなく上位貴族だ。サーラが彼を知らないことを考えると、他国の貴族だと思われる。

口調や見た目はいくらでも変えられるが、ちょっとした仕草を変えることはなかなか難しい。彼にとっては取り繕うことを忘れるくらい、幼い頃から自然と身に付いたマナーなのだろう。

ほとんど会話もなく食事が終わり、ルースは慣れた手つきで片づけを始める。サーラも慌てて手伝うが、彼は不器用なサーラよりもよほど手慣れていた。生まれはともかく、今の彼はこの生活に馴染(なじ)んでいる。

この生活を始めてから、どれくらい経過しているのだろう。

彼はどこの生まれで、どうしてあの孤児院で働いていたのか。

ルースのことをもっと知りたいと思い始めている自分に気が付いて、サーラは慌ててその好奇心を押し込める。

人の過去をそんなふうに詮索するなんて、いけないことだ。

まして彼の過去には、妹を失ったという痛みが伴っている。興味本位で聞いていいことではない。

「どうした？」

窓の外を見つめて、首を振ったり両手を握りしめたりしていた様子が、不審だったのかもしれない。

急にルースに声を掛けられて、サーラはびくりと身体を震わせた。

「いえ、何でもないです。ただ、港町がこんなに賑やかだとは思わなくて」

少し声が上擦ってしまう。

不審に思われていないか不安で、そっとルースを見上げたが、彼の視線は窓の外に向けられていた。

「船が到着したときは、いつも混雑するらしい。町には出ないほうがいいだろう」

「ええ。こうして眺めるだけで充分です。外に出るのは、少し怖いですから」

海が見えるのも良い。そう口にすると、ルースは同意するように頷いた。

「そうだな。俺は海のない国で生まれたから、今でも少し珍しく思う」

「海のない国……」

この大陸で海に接していない国は、中央にあるソリーア帝国だけだ。

婚約者だったカーティスの、母親の出身国である。

「もしかして、ソリーア帝国？」

無意識にその名を口にしてしまったことに気が付いて、はっとする。

つい先ほど、彼の過去を興味本位で聞いてはいけないと思ったばかりだというのに。

「ご、ごめんなさい……」

「いや、謝る必要などない」

急いで謝罪したサーラに、ルースは穏やかな声でそう言った。

「この大陸で海のない国は、ソリーア帝国だけだ」

そう言われてみれば彼の黒髪は、この国ではとても珍しいが、帝国の貴族によく見られる色だ。

ソリーア帝国を恐れて、国王は今までカーティスを廃嫡できずにいた。そのカーティスを何とか廃嫡するためにサーラは利用され、それから逃れようとここまで来たのだ。

それを手助けしてくれているルースが、まさか帝国出身の上位貴族かもしれないなんて、皮肉なことだ。

でも、もしルースが帝国貴族の出だとしても、今のサーラには関わりのないこと。

もう公爵令嬢でも、王太子の婚約者でもないのだから。


それから数日間。

サーラはこの港町で、ゆっくりと過ごした。

身体はもう回復していたが、船の手配の関係で数日は待機する必要があったのだ。そのお陰で、旅の疲れもすっかり取れている。

港町の賑わいに興味はあったが、ここはまだリナン王国だ。父の追っ手がこの辺りにいないとは限らない。だから部屋から出ないで、窓から外を眺める時間が多かった。

そして毎日のように、生まれ育った公爵家の屋敷や、色々なことがあった学園。そして、妃教育のために通っていた王城のことを思い出していた。

蘇る記憶は、ほとんど痛みを伴うものばかりだ。

サーラを責めるカーティスの声。

勝ち誇ったようなエリーの顔。

カーティスの側近たちの婚約者から向けられる、勝手な期待と失望の視線。

そして家を出ていけと言った、父の冷たい声。

（お父様、お母様。わたしは役立たずの娘でした）

父にとって自分は、道具のようなものだったのかもしれない。

それでも、育ててもらった恩はあった。

その恩を返さずに、自分の人生を生きようとしている。

サーラに命じたような人生を、自分たちも送ってきた父と母にしてみれば、恩知らずの親不孝な娘だ。

（……ごめんなさい。でも、わたしはもう、お父様たちが望むような娘にはなれません）

いろいろなことがあった。

過去の苦しみや責任、家族や生まれ育った祖国。すべて、忘れてしまおうと思う。

何もかも捨てて、新しい自分になる。

それを選んだことによって背負う罪や立ち向かわねばならない試練もあるかもしれない。

でも、自分で選択した未来だ。

どんなことでも、受け止めていこうと思う。

そう決意したサーラの瞳に、もう迷いはなかった。


そして、ようやくこの港町を出発する日が来た。


早朝。

まだ薄暗い部屋を、サーラは見回す。

ここで過ごした数日は、とても充実したものだった。

サーラはこの港町から船に乗って、生まれ育った国を離れることになる。

事前にルースと話し合いをした結果、旅をしている間は、商家の若夫婦を装うことになった。それにふさわしい服装や荷物なども、数日間でルースが準備してくれていた。

この国だけではなく、これから向かうルメロ王国でも、未婚の男女が一緒に旅をすることなどあり得ない。

ルースは最初、兄妹として旅をしようとしたようだが、彼とサーラでは容貌がさすがに違い過ぎる。兄妹には見えないかもしれないと断念した。

世の中にはあまり似ていない兄妹もいるだろうが、疑われる可能性は少しでも減らしたいところだ。

サーラは修道女としての服装から、裕福な商人の娘のような服装に着替えていた。

（こういうの、ひさしぶりだわ）

上質の布を使っているが、さすがに貴族と同じ品質ではない。裕福な商人ならばいくらでも用意できるだろうが、やはり身分の差は大きい。貴族と同じものを使うわけにはいかないようだ。

それでも飾り気のない修道女の服装とは、比べものにならないくらい、華美な服装だ。

きっちりと纏めていた長い金色の髪も、ひさしぶりに解いた。宿屋の入り口にあった鏡を覗き込んでみると、公爵家の令嬢とも、修道女ともまったく違う自分の姿がそこにあった。

いつも綺麗に整えられていた金色の髪は、修道院と孤児院での生活で、少しくすんでいる。でも緑色の瞳は、公爵令嬢だった頃とは比べものにならないくらい、生気に満ちていた。

（ルースと夫婦に見えるかしら？）

ふと、そんなことを考えてしまい、真っ赤になって否定する。

(違うの。怪しまれたら大変だから。無事に逃げるために、そう思っただけで……)

誰に言い訳しているのかもわからないまま、サーラはふるふると首を横に振る。

「どうした?」

そんなサーラの態度がよほど不審だったのか、ルースが不思議そうに顔を覗き込む。

彼もまた、裕福な商人がよくするような恰好をしている。

だが服装を整えると洗練された雰囲気が際立ち、どう見ても貴族にしか見えない。最初にこの姿を見たときに、思わず見惚れてしまったことを思い出して、ますます頬が赤くなる。

「サーラ?」

「いえ、何でもありません。少し緊張していただけです」

慌ててそう言うと、ルースは笑みを浮かべた。

「これから夫婦を装うのだから、言葉遣いを変えたほうがいい」

「はい、わかりまし……。わかったわ」

言い直すが、やっぱり不自然かもしれない。

両親と兄、もしくは王太子であるカーティスと話すことが多かったので、敬語が身についてしまっている。それでも、この段階でサーラにできることは、なるべく怪しまれないように自然に振る舞うことだけだ。

(頑張ろう。わ、若夫婦に見えるように……)

恥ずかしいなどと言っている場合ではないと、自分に言い聞かせる。

顔が見えないようにしっかりと外套（がいとう）のフードを被（かぶ）り、ルースとともに宿を出た。

この港町に来てから、数日が経過している。さすがに父も、サーラが行方不明になったことに気が付いたに違いない。

追っ手は差し向けられているのだろうか。

自分たちを捜している人がいるかもしれない。

そう思うと怖くなって、ルースの傍にぴたりと寄り添う。今のサーラにとって、頼れるのは彼だけだ。

「心配するな」

怯（おび）えているサーラに気が付いたのか、ルースがぽつりとそう言った。

「船に乗ってしまえば、もう大丈夫だ」

「……うん。ありがとう」

彼の言うように、船で逃げればそう簡単に追いつかれることはないだろう。辿り着く先はルメロ王国であり、目的地はさらにその先のティダ共和国だ。

心強い言葉に、不安が和らぐ。

感謝を込めて礼を言うと、彼は柔らかな笑みで応えてくれた。

彼のお陰で、こうして逃れることができる。

何も持たないサーラには、その恩をどうやって返したらいいのかわからないけれど、いつか必ず、返したいと思う。

港はとても混雑していた。

複数の船が出航の準備をしているらしく、乗船を待つ人々がたくさんいる。人混みに流されてはぐれてしまわないように、サーラはルースの腕をしっかりと摑(つか)んでいた。

「俺たちが乗るのは、あの船だ」

彼の言葉に、サーラは顔を上げる。

初めて乗る船は思っていたよりも大型で、立派な造りをしていた。

(大きな船……)

逃亡中ということで、もう少しこぢんまりとした船を想像していたサーラは、予想外のことに驚く。

この港でよく見る、荷物のついでに人を運ぶような商船ではなく、きちんとした旅客船のようだ。

(わたしたちは、この船に乗るのね)

部屋も個室になっていて、あまり周囲の人たちを気にせずに過ごすことができるらしい。その分料金は高く、サーラたちと同じ船に乗るのは裕福そうな人ばかりだ。

接する人が多ければ、それだけ見つかる危険性も高くなってしまう。

だからこそルースはサーラのために、この船で移動することを決め、ある程度裕福な商家の若夫婦を装うことにしたのだろう。

（向こうは、商船ね）

商船のほうは旅人や商人が多くて騒がしい。それとは真逆に、サーラたちが乗る旅客船は身なりの良い人が多く、静かで落ち着いていた。

その様子を見て、初めての船旅に対する不安が消えていく。

そう思えるようになったのも、すべてルースがいろいろと考えて手配をしてくれたお陰だ。船室に落ち着いたら、あらためてしっかりとお礼を言わなくてはならない。

乗船の受付をしている船員も、丁寧な対応をしてくれた。

あらかじめ入手していた乗船券を渡し、軽い問答をしたあとに、船内に通される。

ルースは気遣うようにずっと、サーラの手を取って支えてくれていた。外套のフードをすっぽりと被っているサーラは身体が弱く、夫であるルースに頼り切りだという設定だ。だから食事などもすべて、個室に手配するように頼んでいる。

同じ船に乗る人たちはそれぞれ自分たちのことに夢中で、こちらを気に掛けているような者はいない。

それに安堵しながら、サーラはルースに連れられて、指定された個室に向かった。

ルースに手を取られて、ゆっくりと階段を下りていく。

もちろん、船内に入るのも初めての体験である。目深に被った外套のフードの隙間から、つい周囲を見回してしまう。

（こんなふうになっているのね）

船の中にはたくさんの個室があり、しっかりとした頑丈な扉には、きちんと鍵もかけられるようになっていた。

ルメロ王国までは、船で五日ほどかかるらしいが、思っていたよりもずっと快適そうだ。

ルースが予約してくれた部屋は、階段から離れた奥のほうにあった。あまり人の行き来がない場所だ。

きっと彼が、そうなるように手配してくれたのだろう。荷物も、あらかじめ船員が部屋の中に運んでおいてくれたようだ。

「ここだ」

ルースが開けてくれた扉から、船室の中に入る。

物珍しくて、入ってすぐに部屋の中を見回していた。

今まで泊まっていた宿屋の部屋と同じくらい広さがあり、寝台がふたつ並んでいる。ここで、波に揺られながら五日ほど過ごすことになる。

ここよりも広くて高価な部屋も、もっと小さくて安価な部屋もあるらしい。この部屋は比較的、平均的な価格のようだ。

目立たないようにするには、普通が一番良いらしい。

最高級の部屋の中からは海を一望できるらしいが、今は外部から侵入できる経路がないほうが安心である。

出航までは、まだ時間があるようだ。

きっと船上では船員たちが忙しく動き回っているだろうが、ここはとても静かだ。

サーラは部屋に落ち着いたあと、あらためてルースにお礼を言う。

「ここまで連れてきてくれて、本当にありがとう」

なるべく言葉遣いを意識しながら、ルースを見つめる。

旅の準備や裕福な夫婦に見えるための服装、商船ではなく旅客船の代金など、相当なお金がかかったはずだ。

孤児院の雑用係の給金で支払えるような金額ではないことは、世間知らずのサーラにでもわかる。ルースがもしサーラと同じように、覚悟をして出奔してきた貴族階級の人間なら、それはこれから先、市井で生きるための貴重な資金だったはずだ。

「いつになるかわからないけれど、掛かった費用は必ず返します」

逃亡先に無事に辿り着いたら、まず仕事を探さなくてはならない。

そう決意しながら言ったサーラだったが、その目に映ったルースは、なぜかひどく悲しげだった。

「前にも言ったが、これは俺の、ただの自己満足だ。君が気にする必要はない」

囁くように呟かれた声も、隠し切れない悲しみの色が混じる。

「でも……」

反論しようとしたサーラだったが、今はただ素直に、お礼を言ったほうがいいと思い直す。

将来的には必ず返したいと思うが、今のルースには素直に厚意を受け止めてくれる存在が必要なのだ。

「わたしひとりでは、お父様から逃げることはできなかったわ。何度お礼を言っても、足りないくらいよ」

心からそう思っていることを伝えると、ルースの表情が少し和らいだ。

「おそらくまだ気付かれていないはずだ。心配するな。必ず、ティダ共和国まで送り届ける」

サーラは彼に、すべてを語ってはいない。

それでもサーラが語った話でだいたいの事情を理解し、貴族の女性の行方を捜している者がいないか、探ってくれていたようだ。

彼はその場しのぎではなく、本心からサーラを助けようとしてくれている。

父はおそらく、サーラが逃亡したと知ったら、容赦はしないだろう。彼を巻き込んでしまう可能性もある。だからルースには、すべての事情をきちんと説明しておくべきだ。

サーラはそう決意して、心を落ち着かせるように深呼吸したあと、ゆっくりと語り出した。

「……聞いてほしいことがあるの」

サーラが真剣な顔をしていることに気が付いたルースが、荷物を整理していた手を止めて、こちらを見た。

「何だ？」

ぎしりと音がした。ルースは、サーラが腰を掛けていた寝台の向かいに座っていた。真剣な話だと察し、しっかり聞こうとしてくれているのだろう。

ルースが向き合ってくれたことで、すべてを話す覚悟が決まった。

「わたしの過去のことです。わたしの婚約者だったのは、この国のかつての王太子、カーティス殿下です」

その名を口にすると、ふとルースの表情が変わった。

「君の婚約者は、あの国の王太子だったのか」

もし彼が本当に帝国貴族なら、カーティスのことにも詳しいはずだ。カーティスの母は、ソリーア帝国の皇妹（こうまい）である。

「たしか、彼の婚約者は公爵家の……」

「はい。わたしの父は、エドリーナ公爵です」

サーラが予想していたように、ルースはその辺りの事情をよく知っていた。彼は深く思案するように、目を細める。

「エドリーナ公爵といえば、国王陛下の右腕として国政を取り仕切っていると聞く。王太子は、独断でその娘との婚約を破棄したのか」

詳しく話さずとも、その婚約破棄がカーティスの一存であったと悟っている様子だった。

彼の言うように、父は国王陛下から信頼を置かれている重臣だ。政変でもない限り、その娘との婚約を破棄する理由はない。

「カーティス殿下には、学園内で親しくしている女性がいました。彼女は少し変わっていて、殿下は彼女のことを、聖女だと思い込んでしまったのです」

サーラはゆっくりと、今までの事情をルースに語った。

エリーが、聖女と思わせるような行動を取っていたこと。

そんなエリーに夢中になったカーティスが、自分を軽んじるようになったこと。

「父はわたしに、その騒動を治めることを期待していました。でもわたしは、その責任と義務から逃げてしまったのです」

カーティスから向けられた、冷たい蔑みの視線を思い出す。

エリーを大切そうにその腕に抱きながら、彼は犯してもいない罪でサーラを裁こうとしていたのだ。

そのときのエリーの、勝ち誇ったような歪んだ笑顔が、今でも脳裏に焼きついている。

「あ……」

気が付けば、涙が頬を伝っていた。慌てて顔を逸らして、涙を拭う。

「……ごめんなさい。あの頃の気持ちを、思い出してしまって」

ふと顔を上げると、ルースが労わるような優しい瞳で、サーラを見つめていた。

「つらい思いをしたな」

そのひとことで、必死に堪えていた涙が溢れてきた。

あの頃は家族も友人も、誰ひとりとしてサーラに優しい言葉をかけてなどくれなかった。自分が悪いのだと言われ、ひとりで耐えるしかなかったのだ。

本当につらくて、苦しかった。

その気持ちが、彼の優しいひとことで浄化されていく。

「……」

無言で涙を流すサーラを、ルースは傍で静かに見守ってくれていた。

幕間(まくあい)　サーラの父、エドリーナ公爵の野望

サーラの父、トリスタン・エドリーナ公爵は、ひとりで静かに考えを巡らせていた。

リナン王国のエドリーナ公爵といえば、王家に次ぐ力を持っている有力貴族の家門である。さらにその現当主は、国王にもっとも信頼されている重臣でもあった。

そんなトリスタンだから、リナン国王が王太子についてずっと悩んでいたことは知っていた。

リナン国王には王子がふたり、王女がひとりいる。

王太子であったカーティスは王妃が生んだ嫡男であり、次男と長女は、王の側妃(そくひ)の子どもであった。

カーティスが一番年長であり、しかもその母親は王妃だ。彼を王太子に指名するのは、当然のことと思われた。

だがその王妃は、ソリーア帝国の元皇族である。もし彼女との子どもが王位を継げば、ソリーア帝国の皇室がこの国に何かと口を出してくることが予想された。

ソリーア帝国は近頃、国内があまり落ち着いていないと聞く。

内紛が続けば経済が滞り、資金不足になってしまうのは当然のことである。ソリーア帝国の皇帝は、積極的な貿易で経済が潤っているこの国に目を付けているのだ。

リナン国王としては、つけ込まれることは何としても避けたいところだ。

しかし何の非もないカーティスを廃嫡してしまえば、ソリーア帝国が黙ってはいないだろう。いくら内部がごたごたしているとはいえ、共通の敵が見つかれば団結してこちらを攻撃してくる可能性がある。

軍事力を考えれば、まともに戦えば勝ち目はない。

それでも国王は、長男であるカーティスが十六歳になっても、なかなか王太子に指名することはなかった。

そんな状況に危機感を覚えた王妃は、カーティスの婚約者に、トリスタンの娘であるサーラを望んだ。

サーラは外見こそ華やかで美しいが、おとなしくて物静かな娘だ。

王妃は、そんなところも気に入ったのだろう。

公爵家に権力はあるが、サーラ自身はけっして王妃に逆らうようなことはない。

(そのように教育したのだからな。貴族の娘はそうでなくてはならない)

父に、夫に忠実に従うべきだと、トリスタンは思っていた。

この婚約に、当然のようにリナン国王は難色を示した。ただでさえ王太子にしたくないカーティスに、エドリーナ公爵という後ろ盾まで与えるわけにはいかない。

それでも他に、有力な候補がいるわけでもない。

王妃の懇願を正当な理由もなく退けることができなくて、とうとう国王が根負けするようにふたりの婚約が決まってしまったのだ。

トリスタンは国王に合わせて苦い顔をしていたが、娘が王妃になるのも悪くはないと思っていた。

ふたりの間に子どもが生まれたら、カーティスの次の国王になる。そうすれば、未来の国王の祖父になれる。

帝国の後ろ盾も、うまく利用すれば強力な武器になる。

このままいけば、エドリーナ公爵家の力はさらに増すだろう。

そんなトリスタンでも予想外だったのは、聖女を騙るひとりの少女の存在だった。

カーティスは彼女に夢中になり、おとなしい性質の娘は、ただ耐えるだけだった。

それに加えて、これ以上エドリーナ公爵家の力が強まるのを危惧した者たちが、聖女を騙るエリーを利用しようとしていた。

さまざまな思惑を持った者たちが暗躍した。

国が乱れることを恐れた国王は、この件を利用してカーティスを表舞台から遠ざけようとしていた。

それは、サーラを切り捨てることを前提とした案だった。

まずはカーティスがサーラとの婚約を破棄し、サーラは傷心のために修道院に入ったことにする。

実際、それを命じたのは父親であるトリスタンだが、社交界ではサーラはカーティスの心変わりに傷つき、自分から俗世を捨てたように見せかけた。

次にその原因となったエリーを、聖女を騙った罪で捕らえる。

そうすればエリーに近寄った者たちも、共犯として排除することができるだろう。

これはエドリーナ公爵家を快く思わない者たちが中心だろうから、トリスタンとしても歓迎すべきことだ。

そして最後に、カーティスの罪悪感を煽ってサーラを追わせる。

エリーが聖女を騙った罪で投獄されたことで、カーティスもかなり動揺するだろう。

彼が一番、エリーに入れ込んでいたこともあり、この件によって自分の立場が悪化したことも理解できたはずだ。

このままだと権力争いに負けて、失脚してしまうかもしれない。そうなったら、命の保証すらなくなる。元王太子など、揉め事の原因にしかならないのだから。

そこに用意した逃げ場が、サーラだ。

トリスタンはカーティスに、サーラが彼を愛していたこと。叶わなかった恋の悲しみから、俗世を捨てて修道女になったことを、切々と訴えた。

そして国王とトリスタンの計画通り、カーティスは禁止されているにもかかわらず、何度もサーラのもとに通った。それを咎められた彼は、とうとう王位継承権を返上し、サーラとともに市井で生きることを望んだのだ。

エドリーナ公爵家としては娘をひとり失うことになるが、国王はそれに釣り合うだけの見返りを約束してくれた。

ひとつは、トリスタンの妹の子であるユーミナスを、新しく王太子となった第二王子と婚約させること。

そして次期エドリーナ公爵になる息子に、側妃の子である王女を降嫁させることだ。

王太子の義父にはなれなかったが、妹の子が王太子妃となり、その王太子の妹が、息子に嫁ぐ。

それによってエドリーナ公爵家と王家との繋がりは、ますます強くなる。

そのためにはサーラがカーティスをうまく繋ぎ止める必要があるが、今まで一度も逆らったことのない娘だ。カーティスの監視を命じれば、その通りに動くだろう。

そう思っていた。

完璧だと思っていたこの計画が崩れたきっかけは、手伝いに出ていた孤児院から移動する途中に、サーラが行方不明になったことだ。

修道院のある町はそうでもないが、孤児院のある隣町はあまり治安が良くなく、以前にも若い娘が攫われた事件があったらしい。

急いで調査させたところ、たしかに若い修道女とその護衛の雑用係が行方不明になっている。

サーラの美しい外見が仇となり、人身売買をしている裏社会の男達に目を付けられたのか。

孤児院としては、ひとりしかいない雑用係を護衛につけたのだから、それ以上やれることはなかったのだろう。

どちらにしろ切り捨てるつもりだった娘だが、カーティスが王太子を辞退する前にいなくなってしまったのは痛かった。

カーティスはサーラの行方を必死に捜しているらしいが、その足取りを摑むのは難しいようだ。

もし息子を王太子に復帰させたい王妃が帝国に助力を求めれば、カーティスが王太子に返り咲く可能性もある。
そうなってしまえば、計画はすべて台無しだ。
サーラさえ見つかれば。
トリスタンは忌々しげにそう呟くと、さらなる調査を側近に命じた。
何としても娘を見つけ出し、連れ戻さなくてはならない。

幕間(まくあい)　元婚約者、カーティスの後悔

「わたしのこと、聖女だって……。王妃にしてくれるって言っていたじゃない！」

目の前にいる赤髪の少女が、必死にそう叫ぶ。

男爵家の令嬢、エリーだ。

鮮やかな赤髪とは対照的な白い肌。

まだ幼さの残る可愛(かわい)らしい顔立ち。

あんなに愛らしく、守りたいと思っていた彼女が、今はとても忌々しく思える。

「暴れるな！」

怒声が響いた。

華奢(きゃしゃ)な身体(からだ)は衛兵によって、部屋から引きずり出されようとしている。エリーは、自分を拘束する腕から逃れようと必死にもがくが、か弱い少女は簡単に取り押さえられてしまう。

逃げられないと悟ったエリーは、必死に叫ぶ。

「助けて！　カーティスさま！」

「……」

少し前なら、エリーにこんな声で助けを求められたら、何を犠牲にしても助け出しただろう。だが今は、悲痛な叫び声にすら苛立(いらだ)ちを感じる。

リナン王国の王太子カーティスは、不快さを隠そうともせずに目を逸らした。

(騙されていた。エリーは、自分が聖女だった頃の記憶があると言っていたというのに)

さすがにカーティスも、聖女が好んでいた料理を作ったというだけでエリーが聖女の生まれ変わりだと信じていたわけではない。

彼女ははっきりと自分にだけ、聖女であった頃の記憶が残っていると告げたのだ。

エリーは間違いなく本物の聖女だ。

ならば、その身柄は丁重に扱わなくてはならない。

カーティスはすぐにでも父である国王に打ち明け、エリーを保護してもらおうとした。

だが彼女は、まだ国王陛下には言わないでほしいと涙ながらに訴えたのだ。

「まだ記憶もはっきりとしないし、怖いの」

自分が聖女であることを、受け入れることができない。

怖くて仕方がない。

そう訴えられてしまえば、強引に事を運ぶわけにはいかなかった。

エリーの気持ちが落ち着くまで、自分がしっかりと聖女であるエリーを保護すればいい。

学園内で聖女として扱われるくらいなら怖くないと言っていたので、側近たちにも事情を打ち明け、エリーを守るために協力してもらった。彼らも我が国に再び聖女が降臨したことを喜び、その護衛として選ばれたことを誇りに思ってくれた。

聖女は、異世界からこの国に来たと伝えられている。

エリーにもその知識があり、異世界の話をたくさんしてくれた。

聖女が好きだったという料理も作ってくれたのだ。

カーティスも側近たちも、エリーが聖女の生まれ変わりだと信じて疑いを持たなかった。

そんなエリーが、カーティスの婚約者である公爵令嬢のサーラにいじめられていると訴えてきた。

最初はさすがに信じられなかった。

サーラは物静かでおとなしい令嬢だ。相手が誰であれ、いじめるとは思えない。

だがそれが、父親であるエドリーナ公爵トリスタンの指示と聞けば、話は別だった。

エドリーナ公爵家は、王家に次ぐ権威を持っている。

その当主である彼は、帝国の元皇族である王妃と、その息子である自分を敵視していることは、カーティスにもわかっていた。

父がなかなか王太子を決めなかったのも、エドリーナ公爵のせいだと母は思っていた。だからこそ、あえてその娘であるサーラを婚約者としたのだと。

エドリーナ公爵は敵だ。

昔から母にそう教えられていた。

実際のサーラはどの貴族の令嬢よりも美しく、さらにカーティスに従順であった。

だがそんな彼女が、公爵である父の命令で、聖女のエリーを虐げていたのだ。

正式な発表はまだしていないが、王太子である自分がエリーを丁重に扱うことで、彼女が特別な存在であると伝えてきたつもりだ。

それに学園内では打ち明けても大丈夫だと言っていたので、エリーが聖女だと周囲の者たちにもわかるようにしてきた。

サーラだって、それは知っていたはずだ。

それなのにカーティスが大切に保護していたエリーを、サーラは害しようとした。

それを知ったとき、理想的な婚約者だったサーラが急に忌まわしく思えてきた。

彼女も所詮、エドリーナ公爵家の人間だ。エリーがいれば、自分が王妃になれないと思ったのだろう。

もしかしたらあのおとなしい性格は見せかけで、中身は父親と同じくらい強欲なのかもしれない。

カーティスが聖女を娶（めと）る可能性があることに気が付き、王太子の婚約者という地位を守るために、サーラはエリーに嫌がらせをしている。そう信じるようになっていった。

サーラを見るたびにエリーを守り、サーラを罵倒した。

それでもサーラが、エリーに対する嫌がらせをやめることはなかったようだった。

王太子であるカーティスが注意しても、聞き入れない。

そんな女と結婚して、この国の王妃にすることなどできるはずがない。

そう思ったカーティスは、エリーの目の前でサーラに婚約破棄を言い渡した。

さすがにサーラは驚いた様子だったが、やがてすべてを諦めたような顔をして、頷（うなず）いた。

「わかりました。それが、王太子殿下のお望みでしたら」

それだけ言うと、さっさと退出してしまった。

もっと泣き喚き、エリーを罵倒するのかと思っていたカーティスは、意表を突かれて呼び止めることもできずにいた。

わざわざ人の多い夜会で婚約破棄を告げたのは、サーラの無様な姿を大勢の人たちに見てもらい、婚約解消の正当性を理解してもらうためだった。

それなのに、サーラはあっさりと承知して立ち去り、エリーは悔しそうにその後ろ姿を睨んでいる。

これでは、真逆ではないか。

しかもそれから数日後には、あっさりとエリーが偽物の聖女であることが暴露された。

エリーの背後には、エドリーナ公爵家と敵対している貴族たちがいたらしい。その中心には、エリーの養父となった男爵がいた。

それに気が付いていたエドリーナ公爵は、娘のサーラを使ってエリーを泳がせていたのだ。

母が嫁いできた頃と比べ、この国と母の母国であるソリーア帝国との関係は悪化している。中でも名門の貴族ほど、帝国の血を引くカーティスを快く思っていない。

さらに今回の偽聖女事件によって、カーティスの王太子としての力量を疑う声が大きくなった。

その上婚約者だったサーラは、失恋のショックからか、修道院に入ったという。

サーラはエリーを虐げてなどいなかった。

すべて、エリーの虚言だったのだ。

偽聖女に惑わされ、一途にカーティスを想っていたサーラを、あのエドリーナ公爵家の令嬢を修道院に向かわせてしまった。

カーティスは、自分が窮地に追い込まれたことを悟った。

すべての事情を知った母は、カーティスも騙されていたと声高に叫んでいる。

だがそれは、自分があんな小娘に簡単に騙された愚か者だと宣伝しているようなものだ。

こうなってみて初めて、この国の反帝国勢力が思っていたよりもずっと大きいことを知った。

帝国の血を引くカーティスが、今回の事件で失ったものはあまりにも大きい。

母は王妃としての意地もあり、何とか人脈を駆使してサーラの従姉のユーミナスとの婚約を摑み取ってきた。

だが自分の失態が世間に広く知られている今、そんな王太子の婚約者になってしまったユーミナスに同情する者が多かった。

それにユーミナスはサーラとは違い、気が強くて扱いにくい女性だ。こちらに非があることもあり、結婚しても気を遣わなくてはならないだろう。

しかも彼女の後ろ盾は、エドリーナ公爵だ。

カーティスに残された道は、王太子を下りるか、もしくはエドリーナ公爵の傀儡になるか、どちらかしかない。

それが、思い込みからひとりの女性の人生を狂わせてしまった自分に与えられた罰なのか。

（ああ、サーラ。君は私のことを、それほどまで想ってくれていたのか）

サーラのことが忘れられない。

まだ若く美しい公爵令嬢が修道院に入るなど、よほどのことだ。

それほどまで傷つけてしまった。

自分を恋い慕ってくれた相手に、ひどいことばかり言ってしまった。

彼女に会って、謝罪したかった。

カーティスは父である国王、そして新しい婚約者の後見人であるエドリーナ公爵の言葉に逆らって、サーラの居場所を捜して何度も会いに行った。

それが、父とエドリーナ公爵の策略だったなんて、まったく知らなかった。

幕間　偽聖女、エリーの誤算

エリーが前世の記憶を思い出したのは、十歳の誕生日のことだった。

両親は貴族でも何でもなく、ただの平凡な一般市民だ。エリーは、王都の片隅にある雑然とした住宅街の中で、生まれ育った。

共働きをしている両親は、いつも忙しい。

もちろん、エリーの誕生日だからといって、仕事を休むこともない。

でもエリーは、せっかくの誕生日にひとりきりであることが、とても不満だった。だから家を飛び出して、ひとりで大通りに向かっていた。

王都は治安が良く、十歳の少女がひとりで歩いていても、誰も気にしない。それに、いつも母と買い物に行くときに歩いていた道だ。

（もう、母さんなんか嫌い。せっかく誕生日なのに）

近所に住む友達のキィナもポリーも、誕生日には王都の中心街にあるレストランで食事をしたと言っていた。それなのにエリーは朝からひとりきりで放って置かれ、プレゼントも貰えない。

連れて行ってもらえないのなら、ひとりで行こう。

誕生日なのだから、それくらい許されるはずだ。

そう思ったエリーは、両親がひそかに貯めていたお金をすべて持ち出し、ひとりでレストランに向かうことにした。

日頃から固くなったパンと、野菜の切れ端が浮いたスープしか食べていないエリーは、いつもお腹がすいていた。

「あ、あそこだ！」

目の前に目的のレストランが見えてきて、エリーは走った。

でもレストランに辿り着く前に、通りかかった馬車に撥ねられてしまう。十歳の少女の身体は簡単に吹き飛び、転がった。

運良くかすり傷ですんだが、そのショックで、エリーは前世の記憶を思い出してしまった。

（これって異世界転生、よね？）

地面に座り込んだまま、頭の中に流れ込んでくる情報を必死に整理する。

それからどうなったのか、あまりよく覚えていない。

エリーを轢いたのは、どうやら男爵家の馬車だったらしい。

乗っていたのは、男爵家の当主だ。

彼はそのまま走り去ろうとしたが、あまりにも目撃者が多かったので、しぶしぶ従者に、エリーを介抱するように命じたようだ。

前世の記憶が蘇ったばかりで混乱していたエリーは、元の世界のことを色々と話した。それが男爵の耳に入り、興味を持たれたようだ。

正式に養女にしたい。

その場でそう言われて、エリーはすぐに承知した。

（わかった。これってよくある乙女ゲームの世界でしょう？　男爵家の養女になって、貴族だけが入れる学園に通うのね！）

もしかしたら、この子は聖女かもしれない。

男爵がぽつりとそう呟いている言葉を聞きつけて、エリーは歓喜した。

最初に転生したのだとわかったときは、しがない一般市民に生まれてしまったことを嘆いた。家だって貧しくて、誕生日にレストランにも行けないくらいだ。

でも男爵家の養女になり、いずれは聖女となる。

これは間違いなく、乙女ゲームの世界に転生したに違いない。

ならば、平民の両親に固執する必要などない。

エリーは戸惑う両親にあっさりと別れを告げ、さっさと男爵家の馬車に乗り込んだ。

男爵家での暮らしは、今までとは比べものにならなかった。

綺麗なドレスに、豪華な食事。

身の回りのことは、すべてお付きの侍女がしてくれる。

（ああ、楽しい。異世界に転生することができて、本当によかった）

このゲームに心当たりはなかった。

でも、似たようなゲームならば、たくさんしてきた。

だから自分は間違いなくヒロインで、これから聖女となり、たくさんの人に愛されるしあわせな人生が待っているはずだった。

義父となった男爵は、エリーの前世の話をよく聞きたがった。

過去にもエリーのように異世界転生した者がいて、伝説の聖女と呼ばれたらしい。男爵は、エリーをその聖女の生まれ変わりだと信じているようだ。

そんな前世の記憶はないが、ここはゲームの世界。そういう設定なのだろう。だから、もっともらしいことを言い、聖女が好きだったという料理も、簡単に再現してみせた。

(何よ、ただのきんぴらごぼうと、筑前煮(ちくぜんに)じゃないの)

料理はあまり得意ではなかったが、家庭科の授業で作ったことのあるものだった。

しかも、正解は誰も知らない。適当にそれらしい料理を作れば、誰もが絶賛してくれた。

(わたしは聖女。攻略対象は、誰なのかな?　やっぱり王子様?)

そして、とうとう学園に入学する年齢になった。

義父はとにかく、王太子のカーティス殿下に近寄れと言う。

どうやら彼にはもう婚約者がいるらしいが、あまり評判の良くない公爵家の娘らしい。影響力のある公爵が、権力を使って強引に王太子の婚約者にしたのだと言っていた。

(ああ、悪役令嬢ね。だったらいじめられているところを、王太子殿下に助けてもらわなくちゃ)

エリーは張り切った。

ようやくここからが、ゲームのスタートだ。

学園生活は順調で、あっさりと王太子のカーティスと知り合うことができた。エリーは男爵に指示されていたように、彼にだけ自分が聖女であることを打ち明ける。

彼は驚き、すぐにでもエリーを教会に保護しようとした。

でも、そんなことになったら学園生活を楽しめない。

何よりも肝心の悪役令嬢――サーラは、エリーにまったく接触しようとしないのだ。

エリーは焦っていた。このままでは、ゲームのシナリオとズレてしまうかもしれない。

似たような乙女ゲームはたくさんやってきた。だから、エリーのしあわせのためには、悪役令嬢であるサーラが断罪されなくてはならないのだ。

「まだ、誰にも言わないでください。記憶が蘇ったばかりで、聖女として生きる覚悟ができていないのです」

涙ながらにそう訴えたところ、カーティスはエリーの涙に大いに狼狽え、まだ正式には報告しないと約束してくれた。

でも、学園内では完全に聖女として扱ってくれる。

それなのにまだ、サーラは動かない。

困ったエリーは、いじめられていると嘘を言った。

カーティスとその側近たちはすぐに信じてくれた。何度もエリーを庇って、サーラを責め立てる。それが心地良くて、エリーは何度も嘘を言った。

（ああ、みんながわたしを愛してくれている。わたしはヒロインなの。もうすぐ聖女として、王太子の婚約者になるのね）

カーティスが大勢の前でサーラに婚約破棄を言い渡し、彼女はそれを承知した。

(何でもっと悔しがらないの？　せっかくのイベントが、盛り上がらないじゃない)

悪役令嬢ならば、婚約破棄に絶望して乱心し、衛兵に取り押さえられるところを見せてほしかった。あまりにもあっさりとしたサーラの態度に、カーティスも戸惑っている。

それでもサーラが婚約を破棄され、表舞台から去ったのは間違いない。

こうなったら聖女だということを公表して、たくさんの人々に賞賛してもらうしかない。

——そう思っていたのに。

「どうして？　わたしは聖女なのよ？　どうしてわたしが！」

衛兵に取り押さえられ、エリーは叫んだ。

目の前にいるヒーロー、カーティスは、そんなエリーを助けてくれる素振りはない。むしろ、忌々しそうに睨(にら)んでいるではないか。

「わたしのこと、聖女だって……。王妃にしてくれるって言っていたじゃない！」

強引に連れ出され、そのまま牢獄(ろうごく)に押し込められた。

「わたしはヒロインよ？　どうしてこんな目に遭うの？」

どんなに叫んでも、喚(わめ)いても、誰も助けてくれない。

知らないうちにバッドエンドルートに入ってしまったのだろうか。

「何か選択肢を間違ったの？　どうやったらやり直せるの？」

エリーは最後まで、ここはゲームの世界などではないこと。

自分が男爵の野望のために利用されたことを、知らないままだった。

第五章

出航した船は、ゆっくりと大海原を進んでいく。

窓のない船室からは、その景色を眺めることはできない。

でもサーラには、その様子をはっきりと思い描くことができるような気がする。

朝霧が立ち込める海を、大きな旅客船がゆっくりと進んでいく。

少しずつ遠ざかる港町。

それは、生まれ育った国を離れていくことだ。もう戻れないかもしれない祖国。

まだ油断してはいけないとわかっている。

でも、追っ手に見つかることなく無事に船に乗り、出航できた高揚感から、サーラは両手を握りしめた。

こんなに清々(すがすが)しい気持ちは、生まれて初めてだ。

新しい人生への、まさに船出。

（わたしは、これから生まれ変わる）

まるで宣誓のように心の中でそう呟(つぶや)き、ゆっくりと瞳を閉じた。

エドリーナ公爵家の令嬢だったサーラは、もういない。

婚約者だったカーティスのことは、忘れてしまいたい。

エリーの勝ち誇ったような笑みだけは、まだサーラの心を傷つける。でも、もう二度と会うことはないのだから、やはり忘れてしまおう。

その期待にこたえることができなかった、両親。

婚約者だったカーティス。

サーラを敵視していたエリー。

彼らに別れを告げてから、目を開ける。

ふと視線を感じて横を向くと、ルースが静かな瞳でサーラを見守っていた。

(ルースさん……)

彼の手助けがなければ、ここまで来ることはできなかった。

そんなルースにすべてを打ち明けて、気が済むまで泣きじゃくってしまった。

そのことを思い出すと、かなり恥ずかしい。

でも長い打ち明け話を、ルースは辛抱強く聞いてくれた。

ここに至るまでのサーラの迷い、葛藤。そして決意。

それらを理解してくれた。

こんな人は、初めてだった。

(でも、やっぱりあんなに泣いてしまったのは、少し恥ずかしいわ)

赤くなった頬に手を当て、逃げるように視線を逸(そ)らしたサーラの耳に、ルースの優しい声が聞こえる。

「泣けるようになったのは、良いことだ。耐えることしかできなかった状態から、脱した証拠だ」

まるでサーラの心を理解していたような言葉だったが、彼の言う通りだった。

家にいた頃は泣くことさえできなかったのに、言葉にして語ったことで、心の整理ができたのは間違いない。

「はい。ようやく、ふっきれました」

そう言って素直に頷く。

するとルースの手が、まるで妹を褒める兄のように、サーラの頭を撫でる。それからはっと我に返り、切なそうに謝罪するのは、以前とまったく同じだった。

サーラと妹を重ね合わせてしまい、亡くした痛みを思い出してしまったのだ。

(とても大切な妹だったのね)

知ることのない、ルースの過去。

彼の妹は、どんな理由で亡くなってしまったのだろう。

聞いてはいけないことだ。触れてもいけない。

それを理解していたサーラは、ルースが落ち着きを取り戻すまで、ただ静かに待った。

サーラはすべてを彼に話し、涙を流せたことで、前を向くことができるようになった。これから先の人生を、思い描くことができるようになった。

でも、彼はまだその段階ではない。

思い出すことさえ、これほどまでに苦痛なのだ。

今のサーラにできるのは、ルースの手助けに感謝して、逃亡を無事に成功させることだけだ。

「今はまだ、少し揺れを感じる程度だけど……。これから、荒れるのかしら?」

ルースの様子をうかがい、もう大丈夫そうだと思ったところで、不安に思っていたことを尋ねる。

船酔いになると、とてもつらいらしい。それを聞いたときから、怖かったのだ。

「そうだな。今日は天気も良いし、まだ陸から離れていないから、船もあまり揺れていない。だが、これから荒れる日もあるかもしれない」

「……そう」

不安だったが、天候だけはどうにもならない。船酔いだって、なるかどうかわからないのだ。

確定していない未来を、今から思い悩んでも仕方がない。

そう思えるくらいには、サーラは強くなっていた。

すべて、あの孤児院での経験のお陰だ。

できないなら、頑張ればいい。

死にたいくらい嫌なら、逃げてしまえばいい。

優しくそう教えてくれたキリネを思い出して、少しだけ感傷的になる。国に帰らないということは、彼女たちにも二度と会えないということだ。

優しい院長に、かわいい子どもたち。

アリスは無理をしていないだろうか。慕ってくれていたのに、あんな別れ方をしてしまった。

そう考えると、また泣いてしまいそうになる。

「どうした？」

「……孤児院のみんなのことを、思い出して。あんなに親切にしてもらったのは、初めてだったから」

「そうか」

領くルースの声は優しかった。

「落ち着いたら、手紙を書くといい。詳しいことは書けなくても、無事だとわかれば喜ぶだろう」

「はい」

サーラは領く。

たとえ離れてしまっても、大切な人たちだ。彼女たちに受けた恩は、けっして忘れることはないだろう。


船旅は、思っていたよりもずっと順調だった。

天候も荒れず、恐れていた船酔いにもならずにすんだ。

これほど安定した旅は珍しいと、船員たちが話していたようだ。運が良かったのだと思う。

船は予定通り、五日後にルメロ王国の港に辿(たど)り着いた。

この国と、サーラの祖国であるリナン王国とは交流が盛んで、船も頻繁に行き来している。だからか、港町も活気にあふれていた。

たくさんの人たちが、大きな荷物を持って足早に歩いている。サーラたちもここから北に向かって進み、最終的にはティダ共和国を目指す予定である。

だが数日はこの町に留まって、様子を見ることになっていた。

少しでも早く、遠くに逃げたい。

そう思ってしまうが、父がどこまでサーラの行方を摑んでいるのか不明である以上、用心を怠るべきではない。

(慎重に……。落ち着かないと)

逸る気持ちを抑えつけて、安全に旅を進めようとする彼に従った。

ルースが選んでくれたのは、以前に泊まったところよりも上等な宿屋だ。

ふたりは裕福な商家の若夫婦を装っている。これくらいのところに泊まらなくては、かえって不審に思われてしまうのだろう。

ただサーラはお金をまったく持っていないので、すべてを彼に頼ってしまう。それは、やはり心苦しい。それでも今は、無事に逃げることだけを考えなくてはならないとわかっている。

「いらっしゃいませ」

にこやかにそう言った宿屋の受付の女性は、上品できちんとした制服を着ていた。彼女に案内されて、ふたりで泊まる部屋に向かう。

とても広い部屋だった。

寝室と応接間が分かれていて、荷物を置くスペースもある。

「長い船旅で疲れただろう。今日はゆっくりと休んでいてくれ」

サーラを部屋に送り届けると、ルースはそう言ってすぐに、町の偵察に向かってしまった。

ひとり残されたサーラはしばらくオロオロとしていたが、まだ旅の途中だ。ここはしっかり休み、ルースの足手まといにならないようにすることが大切だと思い直す。

(今のわたしにできるのは、できるだけ足を引っ張らないようにすることね)

楽な服装に着替えて、寝台に横になる。

まだ波に揺られているかのような、不思議な感覚が続いていたが、いつのまにか眠りに落ちていた。


そうして、夢を見ていた。

目の前にいるのは、婚約者だったカーティス。

彼は学園の庭園の片隅で、エリーをその腕にしっかりと抱きしめている。甘えるように見上げる彼女を、カーティスは愛おしむように見つめ、優しくその髪に触れた。

まるで、愛し合う恋人同士のように。

夢の中のサーラは、首を横に振る。

(いいえ。ふたりは、誰がどう見ても恋人同士だったわ)

もし本当にエリーが聖女だったとしても、カーティスとこのように密着する必要などない。むしろ、王太子であろうと彼女には敬意と節度を持って接しなければならない。

聖女とは、それほどまでに崇高な存在なのだから。

だからエリーが聖女であることは、こうして彼女と密会している理由にはならない。

単にカーティスは婚約者であるサーラを差し置いて、ひとりの女性に夢中になっていたにすぎない。

(別にそれは、構わなかった。もともと政略結婚だもの)

つらかったのは、カーティスに敵視されたこと。

たとえ深い想いを抱いていない相手でも、理由もない憎しみを向けられるのは、かなり心が疲弊する。

なぜエリーが、自分に虐げられているのだと嘘を言ったのか、今でもよくわからない。

カーティスはエリーだけを愛していた。

サーラなど、身分以外に取り柄など何もない。

寵愛を一身に受けていたエリーの敵にもならなかったはずだ。カーティスの婚約者だということが、それほどまでに気に入らなかったのだろうか。

(そんなに、殿下を愛していたの?)

婚約者がいるのに、エリーに夢中になったカーティス。

カーティスに誰よりも大切に扱われ、愛されているのに、形だけの婚約者だったサーラを許せなかったエリー。

それがすべて、愛ゆえの行動だとしたら。

(愛とは、何と無意味で、愚かなものでしょう)

夢の中のサーラは、そっと呟いた。

現にカーティスは、それほど愛したエリーをあっさりと捨てている。どんな状況になろうとエリーを愛し抜くほどの気骨を見せてくれたのなら、まだ納得することができたというのに。

でもそんなサーラの考えは、あの孤児院で働くようになってから、大きく変わった。

失敗してばかりのサーラを許し、優しく導いてくれたキリネの愛情。さらに、亡くした妹を今でも大切に思っているルースの、兄としての深い愛情。

両親から愛されず、兄ともほとんど会話をしたことのないサーラにとって、見返りを求めずにただ愛を注いでいるふたりの姿は、衝撃的なものだった。

そして、気が付いたことがある。

愛は、サーラの中にも存在していた。

過酷な環境で必死に生きている孤児院の子どもたちを、愛しいと思った。しあわせになってほしいと、強く願っていた。

愛を知らず、利用されるだけだった自分でも、誰かを愛することはできるのだ。

それを知ったとき、サーラは初めて、自分の意志で生きてみたいと思った。

ルースはそれを叶（かな）えてくれた。

彼には彼の理由がある。サーラのためだけに、動いているわけではない。

それでも、初めてサーラの願いを叶えてくれたルースは、サーラにとって特別な人だ。

胸に宿った小さな灯（あか）り。

それが何なのか、まだサーラにもわからないけれど、大切にしたいと思う。

こうして船で渡った港町で、サーラは数日間、ゆっくりと過ごした。旅の疲れも思っていたより少なく、体調も悪くはない。いつでも出発できる態勢は整っていた。

今のうちに、少しでも遠くに逃げたいという気持ちはある。でも、ルースが探ってきた情報によると、父はまだサーラの行方を掴んでいないようだ。

おそらく孤児院を出たサーラが、盗賊や人身売買組織などの裏社会に属する者たちに襲われたと思っているのだろう。だからまずは、そちらの方面の情報を集めているのかもしれない。

今まで一度も父に逆らったことがなかったサーラが、自分の意志で出奔する可能性など、まったく考えていないに違いない。

まして、裕福な商家の夫婦に扮して船旅をしているなんて思わないだろう。

（うん。それを思えば、まだ大丈夫そうね）

到着したばかりの頃は焦っていたサーラも、近頃はだいぶ落ち着きを取り戻していた。たまには、ルースと一緒に町に出ることもある。町の様子を眺める余裕も出てきたくらいだ。

（ここはもうルメロ王国なのね……）

町に出ると、あらためてここが祖国ではないことを思い出す。

生まれた国を出ることなど一生ないと思っていたのに、こうして男性とふたり旅をしている。

「サーラ」

ふと、背後から呼ぶ声がした。振り返ると、偵察に出ていたルースが部屋に戻ってきたようだ。

「おかえりなさい」

そう言って笑顔を向けると、彼も柔らかく微笑（ほほえ）んだ。

最初に会ったときとは、比べものにならないくらい穏やかな表情。

夫婦らしく見えるように演技をしているせいか、彼とも次第に打ち解けてきた。男性が怖かったサーラも、ルースにだけは自然に接することができるようになっている。

部屋に入り、外套（がいとう）を脱いだルースはサーラに尋ねた。

「夕食に行こうか。それとも、何か買ってきた方がいいか？」

このルメロ王国に辿り着いてから、ルースはこんなふうにサーラに色々なことを聞くようになった。内容は今日のように、夕食は何がいいかとか、外套はどちらがいいかとか、本当に些細（ささい）なことだ。

最初は戸惑った。

サーラに選択の自由があったことなど一度もなかったので、どうしたらいいのかわからなかったのだ。今まではすべて父と母が決め、自分のドレスさえ選んだことがなかった。

「ええと……」

ルースは、そんなサーラに選択の自由を与えてくれている。

どんなに時間が掛かっても、根気強くサーラが答えを出すまで待ってくれた。

思えば今までの自分は、ただ父に従うだけの人形だったのかもしれない。ルースは、そんなサーラに色々な選択肢を与えてくれる。

自分で考え、ひとりの人間として生きていけるように。

「船が着いたみたいで、町はすごく混み合っていたわ。食べに行くのも買いに行くのも大変そうだから、今日は宿の中にある食堂に行きましょう」

彼が来る前から考えていたことを告げると、ルースは頷いた。

「ああ、そうするか」

外套を脱いでいたので、彼もそう考えていたのだろう。

でもサーラが外に行くことを選んだとしても、ルースはそれを否定しない。すべて、サーラの思い通りにさせてくれる。

父も母も、サーラを愛してくれたことはなかった。だから、一般的な愛がどんなものなのかわからない。そんなサーラでさえ、ルースは自分に甘すぎるのではないかと思ってしまう。

「どうした？」

視線を感じたのか、ルースが振り返った。

穏やかな優しい声に、思わず頬が緩む。

人に優しくされるのは、こんなにも嬉(うれ)しいことなのだ。

「ううん。早く行きましょう」

でも、わかっている。

サーラは心の中で小さく呟く。

ルースの愛が向けられている先は、亡くなってしまったという、彼の妹だ。自分はその身代わりにすぎない。

「行こうか」

「うん」

落ち込みそうになる気持ちを振り払って、サーラは差し出されたルースの手を握る。

たとえ身代わりでも、誰かに愛された記憶は、きっとこれからの人生の希望になってくれるだろう。

高級な宿屋だけあって、食堂も大きく立派なものだ。

それでも、今夜はサーラたちと同じように外出を控える人が多かったようで、かなり混み合っていた。しばらく待って、ようやく席に案内してもらう。

「何にする?」

「ええと」

メニューを開いて、真剣に考える。食べたいものを選ぶのは、なかなか難しい。でもルースは、急(せ)かす素振りさえ見せずに待ってくれるので、安心して選ぶことができる。

いくら高級な宿でも、貴族の食卓のように何品も出てくることはない。それでも並ぶまでに時間が掛かりすぎて冷めてしまった料理よりも、温かいまま気軽に食べられる料理のほうが、ずっとおいしかった。

「このパン、とっても柔らかいわ」

ふんわりとしたパンに感動していると、ルースが何かを思い出したように笑う。

何のことなのか、聞くまでもない。サーラが作った歪なパンを思い出したのだろう。さすがにひどかった自覚があるので、サーラも苦笑するしかない。

「わたしも、もっと上手に焼けるようになりたいわ」

キリネの焼いたパンも、とてもおいしかった。懐かしむように言うと、ルースは静かに頷いた。

「やりたいことが見つかったようで、何よりだ」

「……そんなことでいいの？」

祖国を捨て、育ててくれた恩を返さずに逃げ出した負い目があった。危険を顧みず、無償で逃亡の手助けをしてくれたルースには、絶対に恩を返さなくてはと意気込んでいた。

それなのに彼は、サーラがパンを上手に焼けるようになりたいと言っただけで、それを喜んでくれる。

「もちろんだ。やりたいことが見つからずに苦しむ者もいる。それに、キリネも喜ぶだろう」

食事が終わり、ルースは定期的な情報収集のために町に行くようだ。

船が着いたばかりの町はかなり混み合っているが、そのほうが人混みに紛れることができるし、情報も集まるらしい。

「その前に、部屋まで送るよ」

ルースはそう言ってくれたが、サーラは首を横に振る。

「二階に戻るだけよ。心配しないで」

そもそも高級な宿なので、ここには身元のしっかりとした人しかいない。大丈夫だと言って笑うと、ルースは少し心配そうだったが、サーラの意見を優先させてくれた。

「ルースも、気を付けて」

「……わかった」

彼を送り出して、サーラはすぐに部屋に戻ろうとした。

宿屋内にある食堂なので、階段を上るだけでいい。それなのに心配そうだったルースの姿に、思わず笑みがこぼれる。

(そんなに心配しなくても、大丈夫なのに)

それでも、今までずっと両親にも婚約者にも放って置かれてきたサーラには、そんなルースの心配が少し嬉しい。大切にされているような気持ちになれる。

軽い足取りで、二階の部屋に向かった。

そんなとき。

「あ、あの……」

部屋に入る寸前で、ひとりの女性が、思いきった様子でサーラに声をかけてきた。

「え?」

思い詰めたような声に思わず振り返ると、その女性は息を切らせていた。食堂でサーラを見かけ、慌てて追いかけてきたのかもしれない。

とっさに警戒したが、身なりのよい普通の女性である。年齢は、サーラの少し上くらいか。両手を胸の前で握りしめ、縋(すが)るような瞳でこちらを見つめている。

周囲を見回してみても、他に人はいない。彼女は完全にひとりのようだ。

「何か御用でしょうか？」

それを確認してから、首を傾(かし)げてそう問う。

泊まっている部屋はもう目の前である。何かあっても逃げ込んで鍵を掛けてしまえば、きっと大丈夫だ。

サーラの質問に、その女性は慌てて頭を下げた。

「と、突然申し訳ありません。あの、あなたのお連れの男性について、お尋ねしたいことがあって」

「え？」

ルースのことだ。

サーラは警戒を強めて、彼女を見つめる。

茶色の長い髪は手入れが行き届いているようだが、簡単に頭を下げたところから考えても、貴族ではないのだろう。服装や雰囲気から察するに、裕福な商家の人間かもしれない。

「わたしの夫が何か？」

夫婦という設定なのでそう言うと、彼女はひどく驚いた様子で、顔を上げた。

「夫……。ではあの方は、ルーフェス様ではないのですね」

「ルーフェス？」

初めて聞いた名前だったので、サーラの驚きは自然なものだったのだろう。彼女は、慌てた様子で再び頭を下げた。

「申し訳ありません。私がお仕えしていた御方のお兄様に、とてもよく似ていらっしゃったので……」

(兄?)

ルースには、たしかに妹がいたようだ。もしかしたら彼女は、本当にルースの妹に仕えていたのかもしれない。

「……」

少し尋ねてみればいい。

夫に似ている人がいるなんて不思議だ。どこの人ですか、と。

彼女は躊躇(ためら)いながらも、見知らぬ相手に声を掛けてしまった罪悪感から、少しは話してくれるかもしれない。

でも、ルースがいないところで彼の過去を聞いてしまうなんて、絶対にしてはいけないことだ。

「人違いのようですね。他に御用がなければ、失礼します」

「はい。申し訳ありませんでした」

そう言って微笑むと、彼女は少し落ち込んだ様子でサーラに謝罪して、立ち去った。その後ろ姿を見送り、複雑な思いのまま部屋に戻る。

真っ暗な部屋に入り、灯りをつけずにそのまま寝台の上に座った。

心がざわついて、落ち着けない。

(ルースは、本当はルーフェスという名なの?)

聞いてはいけない話だと判断した。それが間違っているとは思わない。けれど、気になってしまう。

（わたしは……）

ふと、光が射した。

「サーラ？」

心配そうな声に、ルースが帰ってきたのだと気が付いた。随分と考え込んでいたらしい。廊下を照らす光が、寝台に座ったままのサーラのところまで届いている。

「どうした？」

彼は暗いままの部屋に座り込んでいるサーラの姿を見て、案じるような顔をしている。

「体調が悪いのか？」

「ううん。少し、考えごとをしていて」

慌てて立ち上がり、テーブルの上のランプに火を灯す。

明るい光が、部屋の中を照らし出した。

ルースは扉をきっちりと閉めて鍵をかけた。外套を脱ぐと、そのままサーラの向かい側に座る。

「何があった？」

ここに来るまでに、あの女性とは、会わなかったのだろうか。

「……っ」

そんなことを考えていたとき、不意に覗き込まれ、慌てて身体を離す。でもすぐに過剰な反応だったと気が付いて、視線をルースに向けた。

彼は心配してくれただけだ。

「すまない。不躾だった」

そんなサーラの様子に、ルースはそう謝罪して離れた。

「ううん。ただ、少し驚いただけで」

「俺と別れたあと、何かあったのか?」

「……」

言わないほうがいいのではないかと思っていた。きっと彼にとっては、つらい過去の話だ。

でも、何もなかったと平気なふりをすることができなかった。ならば、変に隠さないほうが良いのではないか。

それに人の良さそうな女性だったが、何も知らないサーラには、彼女がルースにとって敵ではないとは言い切れない。

「部屋に戻る直前に、ひとりの女性に声をかけられたの」

しばらく躊躇ったあと、サーラはようやく口を開いた。

「女性?」

サーラが声をかけられたと知って、ルースが警戒を強めている。でも彼女の目的は、自分ではなかったのだ。

「彼女は、あなたのことを知っているようで、ルーフェス様ではないのか、と」

沈黙は、ほんのわずかな時間だったのかもしれない。

でもサーラには、とてつもなく長い時間のように感じた。緊張感に耐えきれずに思わず息を吐くと、止まっていた時間が動き出したかのようにルースが顔を上げる。

彼はサーラを見つめると、少し寂しげな笑みを浮かべた。

「もう一度、その名を聞くとは思わなかったな」

ひとりごとのような小さな声だった。

その口調はどこまでも静かで、悲しみや動揺などは微塵（みじん）も宿っていないように聞こえる。

でもあまりにも静かな様子は、かえってサーラを不安にさせた。

「ルース……」

思わずその名を呼ぶと、彼は視線を窓の外に向ける。

そこからは、賑（にぎ）やかな町の様子が一望できるはずだ。けれど今のルースの瞳には、何も映っていない。

おそらく彼が見ているのは、過ぎ去った過去の幻。

「ルーフェス・ロードリアーノ。妹を守れなかった、愚か者の名だ」

聞いてはいけない話だ。

ずっとそう思っていた。

でも彼が語りたいのであれば、それを静かに聞くことくらい、自分にもできるはずだ。

サーラは声ひとつ出さずに、淡々と語られるルースのひとりごとのような言葉を受け止めた。

幕間　ルーフェスの過去

ルーフェスは、ソリーア帝国の公爵家の嫡男として生まれた。

ロードリアーノ公爵家は、家柄こそ古く由緒ある家系だったが、長い歴史の中で少しずつ衰退し、権力からも遠ざかっていた。

ルーフェスの祖父も父も、王都から離れた領地を発展させることに力を注いできた。

そんな両親を早くに亡くしたルーフェスは、まだ若いうちにロードリアーノ公爵家の当主となった。そのときには既に祖父母も亡くなっており、彼の家族は、妹がひとりだけだった。

名を、エリーレといった。

艶やかな黒髪に鮮やかな緑色の瞳をした、とても美しい少女だった。

その際立った容姿と明るく優しい性格で、誰からも好かれる妹であった。十五歳になって通い始めた学園は帝国中の貴族の令息、令嬢が集まる場である。

そこに通うことで、今まで辺境の領地で暮らしていた妹に、親しい友人ができればと思っていた。

でもまさか、学園で出逢った皇太子殿下に見初められてしまうとは、さすがにルーフェスも思わなかった。

「エリーレはロードリアーノ公爵家の令嬢なのだから、皇太子妃になったとしても身分的には何も問題はない」

皇太子はそう言ったらしい。

たしかに、身分的には問題はないのかもしれない。

でも両親のみならず、祖父母も既に亡くなっていて、残っているのは公爵家を継いだばかりの兄のルーフェスのみ。

皇太子妃の後ろ盾には、力不足だ。

辺境の領地にこもりきりだった両親には、こんなときに頼りになる友人もいなかった。このような状態で皇太子の婚約者になってしまえば、妹は苦労するだけだろう。

それに皇太子の婚約者は、宰相を務めるピエスト侯爵家の令嬢、マドリアナでほぼ決定していると言われていた。幼い頃から皇妃となるべく教育を受けてきた彼女と皇太子の寵(ちょう)を争うのは、あまりにも過酷すぎる。

「私では力不足です。殿下に見合うだけの知識も教養もありません」

エリーレも、そう言って辞退し続けていたようだ。

だが、皇太子は諦めなかった。

必ず守るから、どうかこの手を取ってほしい。

真剣な眼差(まなざ)しで愛を囁(ささや)かれ、相手が皇太子であることもあって、はっきりと拒絶することは難しかった。

こうなってしまえば、もう妹が皇太子の婚約者になることは、避けられない。それを悟ったルーフェスは、せめて妹は側妃(そくひ)候補としてほしいと懇願した。

ソリーア帝国では、皇太子は複数の女性と婚約、結婚することがある。

そして最初の婚約者が、皇太子妃となることが多かった。

だから先に皇太子とマドリアナが婚約し、彼女が皇太子妃候補としての地位を確立したあとに、エリーレとの婚約を発表する。

そうすれば、妹がピエスト侯爵から目の敵にされることもないだろう。

だがエリーレの懇願もルーフェスの懇願も、皇太子には届かなかった。彼は周囲の反対の声を退けて、ほぼ独断でエリーレを最初の婚約者として正式に発表してしまったのだ。

予想外のことに驚き、ルーフェスは慌てて王都に向かった。

ひさしぶりに再会した妹は、心労のためかすっかりやつれていた。

「お兄様……」

「エリーレ」

兄に会うなり泣きついてきた妹の細い身体を、ルーフェスはしっかりと抱きしめる。

「どうしてこんなことに。皇太子殿下は……」

「殿下は、私を守るためにはこうするしかなかったとおっしゃいました。側妃候補では、私を侮り、害しようとする輩が必ず現れるからと」

たしかに皇太子妃候補と側妃候補では、配置される警備の人数がまったく違う。

たとえピエスト侯爵家の令嬢が先に婚約したとしても、皇太子がここまで妹に対する寵愛を示してしまえば、彼らにとって妹が邪魔者であることには変わりはない。だから皇太子は、皇太子妃候補としての地位で守るしかないと判断したのだ。

だが、妹の心労は側妃の場合とは桁違いだ。

あの明るい笑顔が失われてしまっていることに、皇太子は気付いているのだろうか。本当に愛しているのなら、妹のこんな姿を見ていられないはずだ。

それでも婚約は成立し、妹は正式に皇太子妃候補となってしまった。学園での勉強に加えて、これから王宮での妃教育も始まるだろう。

それに結局、皇太子は近日中に、ピエスト侯爵令嬢のマドリアナとも婚約することになった。

父である皇帝陛下の命令だという。

エリーレとの婚約から日を置かずにすぐにマドリアナと婚約することで、どちらも皇太子妃候補であると示したいのだろう。

相手の背後には、皇帝陛下までついているのだ。

そんな状態で妹は、もう完璧に妃教育を身に付けているマドリアナと比べられながら、王宮に通わなくてはならない。

ルーフェスは妹を、どんな手段を使ってでも守らなくてはと決意した。

それから、信頼できる者に領地の運営を任せることにして、ルーフェスも王都に移り住んだ。

エリーレが皇太子の婚約者となってしまったからには、祖父や父のように、領地に引きこもっているわけにはいかない。

妹を守るため、なるべく社交の場に出る必要があった。

夜会などでピエスト侯爵と対抗する立場の者と接触して、味方を増やしていく。そうしているうちに、高位の貴族令嬢と婚約の話も出た。

相手は顔を合わせたこともない女性だったが、すぐに承諾した。

ルーフェスとの婚約によって、向こうは皇太子妃の身内になれる。こちらは、有力貴族という後ろ盾を得ることができる。どちらにも利がある婚約だった。

このときのルーフェスは、ただ妹のエリーレのためだけに動いていた。

話が進むうちに妹も覚悟を決めたようで、以前よりも明るい顔をするようになった。

必ず守ると言った皇太子も、その言葉通り、常に妹の傍にいてくれる。最愛のエリーレのためならば、父である皇帝陛下にも逆らうほどだ。

あまりの寵愛ぶりに、これなら本当にエリーレがピエスト侯爵の娘を退けて皇太子妃になるかもしれない。

そう思う人が増えたようで、ルーフェスの周囲も騒がしくなった。

そもそも後ろ盾がないだけで、エリーレは公爵令嬢なのだ。

より高位の令嬢を優遇する皇太子は、間違ったことをしているわけではない。

近寄ってくる者の中には、ただ権力を持つ側に擦り寄りたいだけの輩もいる。

それでも今は、ひとりでも多くの味方がほしい。

下心を持って近付いてくる者にも、表向きはにこやかに接した。妹とよく似た美貌も、少しは役に立ったようだ。

さらにエリーレも、思いがけない味方を得ていた。

皇太子のもうひとりの婚約者である、ピエスト侯爵の令嬢マドリアナだ。

彼女はすぐに、エリーレが皇太子ほどの情熱を持っていないことに気が付いたらしい。望んでいないのに表舞台に引っ張り出されたエリーレに同情して、いろいろと親切にしてくれたと言っていた。

「とても素敵な方なのよ」

エリーレは嬉しそうにそう語り、顔を合わせるたびに彼女の話をするようになった。最近は王宮で妃教育を受けたあと、学園の寮にあるマドリアナの部屋に招かれて、一緒にお茶を飲むようになったらしい。

彼女もまた、皇太子の婚約者である。

だが、父親ほど野心家ではないようだ。

エリーレにとって、長い付き合いになりそうな相手と、仲良くなれたのは良いことだ。ルーフェスはそう思っていた。

ピエスト侯爵は、何とか娘を皇太子妃にしようと画策していたようだが、当の皇太子が自分の正妃はエリーレだと定め、けっして心を動かさなかった。

エリーレが学園を卒業したら、すぐにでも正式に婚姻を結びたい。

彼は、ルーフェスにもそう語っていた。

それを現実にするべく、母である現皇妃を味方につけて、根気強く皇帝を説得していた。自分の

側近であるピエスト侯爵の娘を皇太子妃にしたかった皇帝も息子の熱意に負けて、最後にはそれを承諾してくれた。

そして正式に、三年後にはエリーレが皇太子妃になることが決定したのだ。

皇太子は、必ず守ると言ったその言葉を実行したことになる。

今度はルーフェスがエリーレの兄として、ロードリアーノ公爵家の当主として、三年後の結婚式まで、妹をしっかりと守らなくてはならない。

ピエスト侯爵の陣営は、不気味な沈黙を守っていた。

彼がどう動くのか。

ルーフェスは常に気を配り、情報を集めていた。

だが結婚式まであと一年に迫った頃に、異変が起きた。

エリーレが、体調を崩すことが増えたのだ。

食欲がなく、顔も青白い。

最近、覚えることが多くて忙しいからだと言っていたが、日に日に痩せていく姿を見て、皇太子も心配していた。彼と話し合い、やや強引に妃教育を中断して、屋敷で療養させた。

すると、ひと月ほどですっかり回復した。

やはり忙しすぎたのだろう。

だが、これから式の準備や卒業に向けての試験などもある。いつまでも休むことはできず、再び学園と王宮に通い始めた。

あのとき、もっと強引に休ませておけば。

ルーフェスは今でも強く、後悔している。

一度回復したことで、疲労からの体調不良だと思い込んでしまった。そしてルーフェス自身も、一年後の妹の結婚式のためにやらなくてはいけないことが多すぎた。

さらに、領地の仕事も山積みだった。

何とか時間を作って会いにいくと、かえって心配をさせてしまう。

「私なら、大丈夫。それよりお兄様もあまり無理はしないで。酷い顔色よ？」

だから妹からの「順調です。何の問題もありません」という連絡に安心して、顔を見に行く回数が減ってしまっていた。

取り返しのつかない事態になっていると気が付いたのは、エリーレが王宮で倒れたと連絡を貰ってからだ。

ルーフェスはその知らせを聞き、すべてを投げ出して王宮に駆けつけた。すると皇太子が青い顔をして、エリーレの傍に寄り添っていた。

彼は隣国に外交に行き、昨日帰ってきたばかりだった。彼もまた結婚式のために、忙しい毎日を送っていた。

すべて、一年後の結婚式のため。

誰もが忙しく、ほとんど顔を合わせることもない日々でのできごとだった。

寝台に横たわっていたエリーレは、痩せ細った腕を伸ばして皇太子の手を握り、ごめんなさい、と小さく呟（つぶや）いた。

「心配をかけたくなかったの。お兄様も、ごめんなさい」

王宮医師は、疲労で衰弱しているだけなので、ゆっくりと休めば大丈夫だと言った。

ルーフェスは皇太子と話し合った結果、そのまま妹を屋敷に連れて帰り、しばらく休ませることにした。

エリーレはまだやらなくてはならないことが山積みだと言って嫌がったが、このまま無理をさせることはできない。

きっとあのときのように、充分に休養すれば良くなる。

今は、エリーレの体調が最優先だった。

ルーフェスはずっと妹に付き添い、屋敷に赴いてくれた王宮医師の言葉に従って看病し続けた。

だがエリーレは回復するどころか、日ごとに衰弱していった。

それを聞きつけたピエスト侯爵が、動き始めていた。

ルーフェスの婚約者となった令嬢の父親は、しきりに対策をするように言ってきたが、ルーフェスはエリーレの傍から離れなかった。

妹を皇太子妃にすることよりも、その身体のほうが大切だった。

皇太子もずっと屋敷に滞在して、エリーレに付き添っている。

だが、毎日のように訪れる王宮医師は、次第に口数が少なくなっていく。エリーレはとうとう自分で起き上がることもできなくなっていた。

「ああ、エリーレ。どうしてこんなことに……」

嘆く皇太子の言葉にも、答える気力がないようだ。

ずっと付き添っている皇太子は公務を放棄することになっていたが、皇帝は何も言わなかった。

エリーレの容態が悪く、もう回復は見込めないと知っていたからだ。

ピエスト侯爵令嬢のマドリアナも見舞いたいと申し出てくれたが、もう面会できるような状態ではなかった。

王宮で倒れてから、半年後。

あと半年で結婚式を迎えるはずだった妹は、皇太子に見守られながら息を引き取った。

愛する婚約者を失った皇太子の嘆きは深く、彼自身もそのまま病みついてしまうほどだった。

妹を守れなかった、ルーフェスも同じだった。

一度倒れたあとに、もっと気遣うべきだった。

皇太子とマドリアナが味方になってくれたとはいえ、王宮ではまだピエスト侯爵の影響力は強い。

辺境の領地で育ち、やや世間知らずだった妹は、ルーフェスの知らないところで苦労していたのかもしれない。

つらい思いをしたこともあったのだろう。

その結果、命を落としてしまうほど、無理をさせてしまったのではないか。

もともと、エリーレが望んだ婚約ではなかった。

そのことに、ルーフェスは深い後悔を抱いていた。

たとえ皇太子の不興を買ったとしても、どうせ落ちぶれた名ばかりの公爵家。妹とふたりで、領地にこもって暮らしていればよかった。

もはや貴族の地位さえも捨てても構わなかった。

ただ、エリーレさえ生きていてくれたら、それだけでよかったのに。

エリーレは皇太子の婚約者であり、半年後には皇太子妃になるはずだった。

その妹を死なせてしまったルーフェスの責任を問う声が、ピエスト侯爵の派閥から上がった。

これからまた、別の令嬢が皇太子と婚約する可能性がある。逆らう者には容赦しないと示したかったのだろう。

もう敵のいない彼らの勢いは強く、こちら側についていたはずの人間も、声を揃(そろ)えてその主張に同意した。

ルーフェスの周囲からは人が消え、彼自身の婚約も解消となった。

それに関して思うことはない。

もともと、すべては妹のためだったのだ。

今さら必要のない人脈であり、婚約だった。

彼らの主張に何ひとつ反論せず、ルーフェスは、皇太子の婚約者を死なせてしまったことに対する責任を取ることになった。

表向きは謹慎。

だがルーフェスはもう、領地に戻るつもりさえなかった。

妹のいない領地にも、この国にも未練はない。

遠い縁戚の者を領地に呼び寄せて、彼が到着したことを確認すると、そのまま領地にも屋敷にも戻ることなく帝国を出た。

それから各国を彷徨い、サーラと出逢ったあの孤児院に辿り着いたのだ。

ルース……。いや、ルーフェスはすべてを語り終えると、静かに瞳を閉じる。戻らない過去に思いを馳(は)せているような姿に、サーラは両手をきつく握りしめた。

王太子の婚約者として過ごしてきたサーラは、妃(きさき)教育の厳しさも、王城内で味方がいないつらさもよく知っている。

もうひとりの婚約者であるマドリアナが親切にしてくれたとはいえ、互いの立場を考えれば、完全に心を許すことはできなかったに違いない。

彼女の父親の権力が強い状態では、学園の友人たちも遠巻きに様子をうかがっていたことだろう。

友人たちが薄情なのではない。

貴族社会とは、そういう世界なのだ。

そんな中、エリーレは、孤立無援の状態で必死に頑張っていたのだろう。

そして彼女は、体調を崩しても心配をかけたくないと隠してしまうほど、優しい女性だった。

だからこそソリーア帝国の皇太子は、彼女を深く愛したのかもしれない。

殺伐とした世界で生きている彼にとって、その優しさや素直な明るさは、至宝とも思えるほど貴重な存在だったのだろう。

ルーフェスの話を聞いているだけで、皇太子のエリーレに対する愛がうかがえる。その深い愛が、こんなに悲劇的な結末を迎えてしまうなんて痛ましいことだ。

王宮は華やかで美しい場所に見えるが、権力と陰謀が渦巻く恐ろしい場所でもある。

まだ爵位を継いだばかりのルーフェスは、そんな貴族社会の中でひとりきりで妹を守っていたのだ。その苦労は、きっと言葉では言い尽くせない。

それだけすべてを懸けて守っていた存在を、彼は失ってしまった。

エリーレが亡くなってしまったのは、もちろんルーフェスのせいではない。

不運が積み重なってしまった結果だ。

むしろ皇太子よりもルーフェスの存在こそが、エリーレの心の支えになっていたのではないかと、サーラは思う。

（わたしには、誰ひとりとして味方がいなかったから、よくわかるわ）

父にとって、サーラは道具。

兄に至っては、ここ数年、顔も合わせていない。

父はサーラの味方をするどころか、婚約を破棄されたとき、率先してこちらを責めてきた。

もしあのとき、今のようにルーフェスが傍にいてくれたら。

そんなことを考えても無意味だとわかっているのに、ついそう思ってしまう。

しかもサーラと違って彼の妹は、婚約者である皇太子に深く愛されていたのだ。偽聖女が囁く甘い言葉にすっかり騙されて、サーラを嫌悪して責め立てたカーティスとはまったく違う。

不幸にも若くして亡くなってしまった人を、羨ましいなんて思ってはいけない。

でも、サーラにはエリーレが不幸だったとは思えない。

それを伝えたくて、口を開いた。

「わたしの婚約者であったカーティス王太子殿下は、わたしの言葉を何ひとつ、信じてくれませんでした」

「サーラ？」

俯(うつむ)いていたルーフェスが顔を上げて、サーラを見つめた。

驚いた様子の彼に微笑(ほほえ)みかけて、言葉を続ける。

「お父様は婚約を破棄されたわたしを、役立たずだと罵りました。お母様も、そんなお父様からかばってくれませんでした。同じ屋敷(やしき)に住んでいるはずのお兄様とは数年間、顔も合わせていません」

エリーレと違い、権力者であった父のお陰で、表立ってサーラにつらく当たる人はいなかった。

でも、味方もひとりもいなかった。

「だから、わたしにはわかります。きっと、たくさんつらい思いをなさったのでしょう。でもどんなときも絶対に味方になってくれる兄の存在は、エリーレ様にとって、何よりも心強かったと思います」

似たような立場だったから、よくわかる。

そしてただの慰めなどではなく、経験に基づいた言葉だから、きっとルーフェスにも伝わるだろう。

「そうだとしたら、どんなに……」

そう言いかけた彼は、サーラの立場を思い出したのか、言葉を切った。

「いや、君がそう言うのなら、そうだったのかもしれない」

サーラの願い通り、後悔と喪失感に囚われていたルーフェスの表情に、ほんの少しだけ希望が灯る。

いつまでも兄が後悔し続けることを、きっとエリーレは望んでいない。

ルーフェスが妹を大切に思っていたように、彼女もまた、たったひとりの兄を愛していただろうから。

「サーラは、妹よりも過酷な状況で、ひとりで戦っていたのか」

エリーレの魂が、安らかに眠れるように祈っていたサーラは、ふとそんなルーフェスの言葉に顔を上げた。

「味方になってくれる人がいるとは、最初から思っていませんでした。だから、エリーレ様よりも過酷かどうかは……」

愛されたことなどなかったから、誰にも期待はしていなかった。

だから愛を知っていたエリーレの方が、つらかったのかもしれない。

そんなことを言って首を傾げたサーラの手に、ルーフェスがそっと触れる。

「今は、俺がいる。君の願いを必ず叶えてみせる」

亡くなってしまった妹の身代わりかもしれない。

でも、サーラの味方だと言ってくれる。

自由に生きたいという願いを叶えると言ってくれる。

それがこんなに心強いなんて思わなかった。

思わず涙が滲（にじ）んできて、俯いた。

「……ありがとう」

町で情報収集してきたルーフェスによると、今日の船でかなり多くの人がこの国に来ていたようだ。

今のところ、サーラを捜している人はいない。

だが、サーラの父が国外に目を向ける前に、遠くまで逃げたほうがいい。

「そろそろ町を離れよう」

「ええ、わかったわ」

そんなルーフェスの提案に、サーラは迷いなく頷（うなず）いた。

数日過ごしただけだが、海を離れるのは少しだけ寂しい。

あの雄大な景色を眺めていると、心が穏やかになる気がする。

今はまだ逃亡生活の途中。

ここに留まることはできないとわかっている。

でもいつかまた、海を眺めることができればと思う。

ここからは陸路で、ティダ共和国を目指すことになる。

この国は商人が多いようで、辻馬車よりも、御者付きの借り切り馬車が主流のようだ。荷物をたくさん積み込めるからだろう。

ルーフェスも、隣町までの馬車を借りた。

目的地まで一気に走らせるのではなく、町ごとに馬車を借り直すようだ。

手間も金銭もかかるが、用心のためだ。

最初に雇われた御者は初老の優しそうな男性で、急がなくても良いというルーフェスの言葉通り、のんびりと馬車を走らせていた。

その容貌に、何となく修道院の雑用係だったウォルトを思い出す。

そう言えば、雨の季節には腰が痛むと言っていた。

彼は元気だろうか。

ウォルトだけではない。

孤児院の院長、子どもたち。そしてキリネは、今頃どうしているだろう。

(わたしが、こんなふうに誰かを懐かしむなんて。会いたいと思うなんて、想像もしていなかった……)

海が好きだと思ったこと。

もう一度会いたいと願う人が、できたこと。

普通の人間にとっては、当たり前のことかもしれない。

でも、今まで父親の言葉に従っていただけのサーラにとって、すべてが初めての経験だった。

修道院にいたときでさえ、望みは、静かな生活を送ることだけしかなかったのに。

孤児院で過ごした日々。

そして、こうしてルーフェスと旅をした経験が、サーラを父の操り人形から、自分の意志を持った人間に変えてくれたのかもしれない。

のんびり走る馬車の窓から、外の景色を眺めながら思う。

これから自分はどう変わっていくのだろう。

それが少し怖くて、楽しみでもある。

そう思うことができるようになったのも、ルーフェスがあの国から連れ出してくれたからだ。

いつか彼もまた過去の悔恨から、解き放たれる日がくればいい。

今のサーラには願うことしかできないけれど、もしルーフェスのためにやれることがあれば、何でもするだろう。


町に到着し、宿に一泊してから、また次の馬車で目的地を目指す。

移動にも時間が掛かってしまうが、周囲の状況を探りながら、サーラの体調も考慮してゆっくりと進むことにしたようだ。

ルーフェスは口数少なく、馬車の中でも途中で泊まった宿でも、ほとんど話さない。

もともと口数の多い人ではなかった。

でも今は過去の話をしたことで、妹のことを思い出し、少し塞ぎ込んでいるのかもしれない。

悪いことではないと思う。

それほど大切だった妹のことを、無理に忘れる必要などないのだから。

今の彼に必要なのは安易な慰めではなく、時間だ。

だからサーラも何も言わず、ただ静かに窓の外を見つめていた。

そんなルーフェスも、目的地が近付くにつれ、少しずつ元気を取り戻していた。

彼もまた、少しずつ前に進もうとしているのかもしれない。

「明後日には、ティダ共和国に辿り着けるだろう」

何回目かに乗り換えた馬車の中で、彼はそう言った。

その声は、港町を旅立ったときよりも明るい。

それを何よりも嬉しく思いながら、サーラは頷いた。

ティダ共和国の国境に、警備兵はいない。基本的に誰でも出入りできるようになっているようだ。

だが、定住するには許可が必要で、そのためには過去の身分をすべて捨てることが求められる。

貴族だろうが、王族だろうが、一度この国の住人になってしまえば、もう元の身分には戻れないのだ。

もちろん、サーラにその覚悟はできている。

それに、父によって修道院に送られたときから、もうサーラは貴族ではない。ひとりの修道女が国を出て、ティダ共和国に移住するだけの話だ。

むしろ、心配なのはルーフェスのほうだ。

皇太子妃候補だった妹を死なせてしまったことで謹慎を命じられてしまったが、彼はまだ帝国の公爵家当主のはずだ。

いくら親類の者を呼び寄せて領地を任せたとはいえ、簡単に身分を捨てていいのだろうか。

サーラを妹の代わりに守ると言ってくれたが、彼にそこまでさせるわけにはいかない。

それを伝えると、ルーフェスはあっさりと首を横に振る。

「帝国に戻るつもりはない。あの国にはもう、守るべき者がいないのだから」

彼にとっては祖国も領地も、公爵家当主の身分でさえ、妹がいなければ意味のないものなのだ。

きっぱりとそう言われてしまえば、頷くしかなかった。

そうして、ふたりはようやく目的地であるティダ共和国に辿り着いた。

国境前で借り切り馬車を降りると、たくさんの馬車が待機しているのが見えた。

ここからはまた、共和国の馬車で首都を目指す。

長い逃亡の旅は、もうすぐ終わる。

用心深いルーフェスのお陰で、一度も追っ手に見つかることもなく、無事にここまで辿り着くことができた。

あと少しで、サーラはすべてのしがらみから解き放たれて、自由になれるのだ。

思えば、長い道のりだった。

窓の外に広がるティダ共和国の首都の景色を眺めながら、サーラは今までのことをひとつずつ、思い出していた。

王太子だったカーティスと婚約した日。

聖女を名乗るエリーが、彼と恋人のように寄り添っている様子を見てしまった日。

婚約破棄を言い渡され、すべてがどうでもよくなって、受け入れたときのことも。

でも、あのときのカーティスの冷たい言葉も、役立たずだと言わんばかりの両親の視線も、もうすっかり過去のことだ。

今のサーラの心を、傷つけることはできない。

過去の亡霊でしかなかった。

そう思えるようになったのは、孤児院で出逢（であ）った人々と、何よりもルーフェスのお陰だ。

馬車を降りたふたりは、早速今夜の宿を探すことにした。

きちんとした宿は、早く探しておかないとすぐに満室になってしまう。馬車の御者が、そう助言してくれたのだ。

しかも大陸中からいろいろな人が集まっているので、少し危ない場所もあるらしい。

でも町の中心部はきちんとした警備団が見回りをしているので、裏道にさえ入り込まなければ、女性ひとりでも歩ける。

ルーフェスは、その安全な地区に今夜の宿を取り、今日はそれぞれの寝室で休むことにした。

ここは長期滞在用の宿で、部屋の中も区切られており、キッチンも備え付けられていた。

しばらくはこの宿が、生活の拠点となるだろう。

ゆっくり移動してきたとはいえ、馬車での移動が長かったために、さすがに身体(からだ)は疲れていた。

サーラは部屋の奥に荷物を置くと、寝室に入り寝台に座った。

寝室もふたつあって、サーラはひさしぶりにひとりになった。

ひとりになるなんて、公爵家で暮らしていたとき以来だ。

物音ひとつしない部屋はあまりにも静かで、少し寂しくなる。

ルーフェスの傍に行きたい。

会話はなくとも、隣に彼の存在を感じるだけで、きっと安心するに違いない。

(どうしようかな……)

しばらく考えたあと、部屋を出てリビングに向かう。するとそこには、期待していたように荷物の整理をしているルーフェスの姿があった。

「どうした?」

「ちょっと喉が渇いて。お茶を淹(い)れようかなって」

「そうか」

彼が荷物の中から旅の最中に使った食器と茶葉を出してくれたので、それを持ってキッチンに向かう。

お茶を淹れるのも、ようやく慣れてきた。

ふたり分のお茶を淹れてリビングに戻り、ひとつをルーフェスに手渡す。

「ああ、ありがとう」

そう言って受け取ってくれた彼の隣に座り、まだ熱いお茶のカップを両手で包み込むようにしながら、一口飲む。

（……おいしい）

公爵家で日常的に飲んでいたお茶と比べるとかなり安価なものだが、彼と並んで飲むお茶は、前に飲んでいたものよりも特別に感じる。

ふたりとも口数が多いほうではない。旅をしている最中も、沈黙が続くことはよくあった。

でも、とても心地良い空間だった。

「明日になったら早速、定住許可証の手続きをしよう」

お茶を飲み終わる頃に、ようやくルーフェスがそう言った。彼の提案に、サーラはこくりと頷いた。

「そうね」

共和国では許可証がないと家を借りることはできないし、仕事にも就けない。何よりも先に、それを得るべきだろう。

「許可証を発行してもらうのは、それほど難しくはないはずだ。きっと大丈夫だろう」

「……うん」

少し不安だったのが、彼には伝わったのかもしれない。その不安を吹き飛ばすように、サーラは笑みを浮かべた。

翌日、ふたりは役場に行って手続きをした。

そう難しいものではない。

名前と年齢を申告し、一定の金額を納めるだけだ。手続き自体は簡単だが、許可証を必要としている人は多く、順番が来るまでかなり待たなければならなかった。

朝早くから並んで、昼過ぎにようやく申請を終えることができた。

何事もなければ、数日後には許可証を発行してもらえる。

人が多くてサーラはすっかり疲れ果ててしまったが、商店街の中にパン屋を発見して立ち止まる。

「あの店に、寄ってみてもいい？」

外装も可愛（かわい）らしく、パンの焼ける良い匂（にお）いが漂ってくる。

思わずそう言うと、ルーフェスは頷いた。

「ああ。あそこで昼食を買っていこうか」

嬉しくなって、思わず小走りで店に入る。

「いらっしゃいませ」

若い女性の明るい声が、サーラを迎えてくれた。

おっとりとした優しい笑顔の女性が、にこやかにこちらを見ている。

サーラは軽く会釈をすると、店内を見回した。

こぢんまりとした店だが、たくさんのパンが並べられていた。

中には、見たことのないパンもある。

ここには、あらゆる国から移り住んできた人たちがいるからだろう。

いくつかのパンを選んで会計に持っていくと、先ほどの店員の女性のお腹(なか)が大きいことに気が付いた。どうやら妊娠しているらしい。

「お身体(からだ)は大丈夫ですか？」

仕事をしていても平気なのだろうか。

心配になって思わず尋ねると、彼女はにこりと微笑んだ。

「ありがとうございます。さすがにそろそろ、お手伝いをしてくれる人を雇いたいのですが、小さな店なのでなかなか人が見つからなくて」

素敵な店だと思っていた。感じの良いひとだった。

いつか、こんな店で働ければと思っていた。

「あの、わたしではだめですか？」

思わずそう口にしていた。

「サーラ？」

後ろにいたルーフェスが驚いたようにサーラの名を呼ぶ。

自分でも、あまりにも突拍子のないことをしていると思う。

初めて訪れた店で、急に雇ってほしいと頼むなんて、昔の自分では考えられない行為だ。

でも、働くならこんな店がいいと思ったのだ。

「昨日、この国に来たばかりでまだ許可証がないんですが。でも、こんなお店で働きたいなって、ずっと思っていて」

必死に言葉を紡ぐサーラに、その女性は優しい笑顔で頷いた。

「今日、申請したのなら、許可は五日後には下りるかしら。そうしたら、また来てもらってもいいですか？」

「本当ですか？」

まさか、受け入れてくれるとは思わなかった。

目を輝かせるサーラに、女性は頷いた。

「ええ。正直、とても助かります」

突然の成り行きにルーフェスも驚いていたが、サーラの意志を優先させてくれた。

彼はけっして、サーラを否定しない。

それがとても嬉しかった。

ルーフェスには、ここに連れてきてもらった恩がある。しっかり働いて、恩返しをしたいと思う。

だが、この日。

サーラを捜して、ひとりの男がこの国まで辿り着いていた。

ふたりは数日後にもう一度、許可証を申請した役場に向かった。

前日からよく眠れないほど緊張していたが、サーラの定住許可証はあっさりと発行してもらうことができた。

（……よかった。これで）

あの店で働くことができる。

家族や、婚約者だったカーティスから解放された安堵よりも、働ける喜びのほうが大きかった。

明日からのことが、楽しみでしょうがない。

こんな感覚は初めてだ。

だがルーフェスには、まだ許可証が発行されていなかった。

理由はいろいろあるようだが、女性よりも男性のほうが発行に時間がかかるらしい。

ルーフェスよりも何日も前に申請した男性も、今日もまだ許可証を手にすることができなかったようだ。

それを考えると、さらに数日かかるかもしれない。

だが、これぱかりはどうしようもない。

今は、サーラの許可証が思っていたよりも早く発行されたことを喜ぶべきだろう。

「わたしの許可証が発行されたから、これで家が借りられるね」

働くこともできる。

そう言うと、ルーフェスは少し複雑そうに笑った。

「ああ。だが、サーラの名前で借りることになってしまうな」

「そうね」

ここに辿り着くまで、彼にはずっと世話になっていたのだ。

恩返しをするのなら今だと、サーラは明るい笑みを浮かべた。

「わたしに任せて。ルーフェスは許可が下りるまで、ゆっくりしていたらいいわ」

彼にも、ゆっくりと心を癒す時間が必要なのだ。

むしろ、もう少し後でもいいくらいだ。

その間はサーラがしっかりと働いて、ルーフェスを休ませてあげたいと思う。

ルーフェスはサーラの申し出に複雑そうな顔をしていたが、これればかりは待つしかない。

翌日からさっそく、ふたりで住む家を探すことにした。

働く予定のパン屋にも許可証が発行されたことを報告すると、彼女はとても喜んでくれた。さらに事情を知ると、近所にある空き家を紹介してくれたのだ。

「少し前まで、老夫婦が住んでいたんだけどね。子どもたちと一緒に暮らすことにしたからと言って、引っ越していったのよ」

家を借りたい人がいたら教えてほしいと言われていたそうだ。

さっそく見せてもらうと、少し古いが庭もある大きな一戸建てだ。

「素敵だわ」

築年数は経っているがしっかりと手入れが行き届いていて、住んでいた人がこの家を大切にしていたのだとわかる。

「ふたりで住むには少し広すぎるけど、家賃もそんなに高くないし……」

家主はお金に困っているわけではないので、新天地を目指してここまで来た人たちの手助けになりたいと、格安で家を貸してくれるようだ。

職場のパン屋にも近く、少し歩けば商店街もある。

「ルーフェス、ここに決めてもいいかしら？」

「ああ、もちろんだ」

サーラの問いかけに彼は頷き、柔らかな笑みを浮かべた。

「契約者は君だからな。ここは君の家だ」

「……わたしの家」

生まれ育った屋敷は、父のものだ。

修道院も孤児院も、サーラの居場所にはなってくれたが、自分の家ではなかった。ようやく自分だけの居場所を手に入れた喜びに、サーラの目に思わず涙が浮かぶ。

長い旅路だった。

それでも、辿り着いた場所でこんなにしあわせな気持ちになれるなんて思わなかった。

「……ありがとう、ルーフェス。何もかもあなたのお陰だわ」

心からの感謝の言葉を、彼に向けて告げた。


それからサーラは、ルーフェスとこの家に移り住み、雇ってくれたパン屋で働き始めた。

パンを作るのは初めてではないが、働くのは初めての経験だ。

最初は、何度も失敗した。

身重の店主を気遣って重い荷物を持とうとしたが、まったく持つことができずに、かえって邪魔になってしまったこともある。

たくさんのパンのレシピを覚えなければならず、家に帰ってからも何度も練習した。そのせいで、ふたりの食事は何日もパンばかりになってしまったこともあった。

大変だったけれど、楽しい日々だった。

これからもずっと、こんな日が続くと信じていた。

ある日、パン屋での仕事を終えて家に帰るサーラの前に、立ち塞がるようにして立っている人影に気が付くまでは。

彼が目の前にいることが信じられなくて、サーラは呆然(ほうぜん)としたまま、その名を呼んだ。

「カーティス様。どうして……」

そこには思い詰めたような顔をした、かつての婚約者。

リナン王国の元王太子、カーティスが立っていた。

幕間　元婚約者、カーティスの悔恨

リナン王国の王太子カーティスは、父王の前に立って項垂れていた。

禁止されていたにもかかわらず、元婚約者のサーラに会いに修道院に行ったことを咎められたのだ。

「王太子であるお前は、個人の感情ではなく国のために生きなくてはならないのだぞ」

重々しい父の声が、呆れを含んでいる。

カーティスがサーラに会いに行ったのは、一度だけではないからだ。

父の叱咤に何も答えることができず、カーティスはただ俯くだけだった。

「それができないのであれば、王太子の地位から下りるがいい」

「！」

サーラに償うことばかり考えていたカーティスも、さすがにその言葉には動揺した。

「それは……」

このままでは廃嫡されて、異母弟が王太子になってしまう。

今はまだ良い。

父が亡くなって異母弟が王になったときのことを考えると、何も言えなくなっていた。

サーラのことよりも、保身を考えていたのだ。

我ながら、自己中心的な考えだと呆れ果てる。

だが、サーラが行方不明になったと聞いた瞬間、その躊躇（ためら）いも消え去った。

一時期、行方がわからなくなっていた彼女だったが、修道院から隣町にある孤児院の手伝いに行っていたことがわかった。しかしそこから修道院に帰る途中、孤児院から護衛代わりに付き添っていた雑用係とともに、姿を消してしまったのだ。

調査の結果、人買いに攫（さら）われたようだと判明した。

王都の外の治安がそこまで乱れていたことを、王太子であるはずのカーティスも知らなかった。

貴族社会でも際立って美しかったサーラが、無防備に外を歩いていることがどれだけ危険なことなのか。彼女自身も知らなかったに違いない。

いくら捜索しても手掛かりすら摑（つか）めず、サーラの父のエドリーナ公爵でさえ、もう娘のことは諦めてしまったようだ。

娘は盗賊に攫われてしまったのかもしれない。あなたを一途（いちず）に想（おも）っていた娘のことを、どうか忘れないでほしい。

そう訴えられ、カーティスはとうとう王太子の地位から下りることにした。

サーラには、何の咎もない。

ただ一途に自分を想っていてくれただけだ。

修道院に会いに行ったときに拒絶されたのも、自分のことを心配してのことだろう。愛するが故に、突き放したのだ。

そんな優しい彼女ばかり、どうしてこんな過酷な運命に巻き込まれてしまうのか。

実の父親でさえ、カーティスから見れば大した捜索もせずにサーラのことを諦めてしまっている。言葉だけは愛娘（まなむすめ）を気遣う父親の振りをしているが、彼の興味はもう、次の王太子とその婚約者となった姪（めい）に向けられていることは明白だった。

せめてひとりくらい、何もかも捨て去って彼女のために生きる男がいてもいいのではないか。

エリーに騙（だま）されてサーラを一方的に攻撃し、反論もできなくなるまで傷つけた。その償いをしなければならない。

当然のように、母である正妃は激怒した。

あれはすべて国王とエドリーナ公爵の策略であり、カーティスはそれに乗せられているだけだと言い放つ。

たしかに、母の言う通りかもしれない。

王太子の地位を手放してみて、初めて色々とわかってきたことがある。

思っていた以上に、ソリーア帝国出身の母と、その血を引く自分は疎まれていた。

ソリーア帝国はたしかに大国だが、近年は内部の紛争でかなり力を落としている。今までのように、絶対的な強者ではないのだ。

このリナン王国も、徐々に帝国の影から抜け出そうとしている。

そんな時期に、帝国の血を引く者が王太子であることを、快く思わない者が増えていても不思議ではない。

まして、父には男子がもうひとりいる。

異母弟の母は側妃だが、この国の侯爵家出身で、由緒正しい家柄だ。

きっと父にはもう、母も自分も不要な存在なのだろう。

だからエリーに騙されていても、誰も助言してくれなかったのだ。

（それでも、サーラは違う。彼女だけは、そんな企みを知らなかったに違いない）

許してくれなくても、かまわない。

ただ彼女だけは、何としても救い出さなくてはならない。

調査を続けるうちにカーティスが気になったのは、サーラの護衛として同行した、雑用係の男だ。

あまりにも痕跡がないことから、彼がサーラを攫ったのではないかと考えた。詳しく調べると、その雑用係は若い男性で、この国では珍しい黒髪をしていたらしい。

サーラ自身の情報がまったく摑めない以上、その黒髪の男を追ってみるしかないようだ。

きっと目撃情報も多いだろう。

人も金も時間もたっぷりと費やして調べたところ、黒髪の男性が、金色の髪をした美しい女性を連れて、船で隣国に移動したらしいという情報を得ることができた。

もしかしたら、その女性がサーラかもしれない。

だがそれを確かめるためには、隣国に移動する必要がある。

王太子の地位は返上したものの、カーティスがリナン王国の王族であることは変わらない。国王の許可なく隣国に移動することはできなかった。

もし法を破れば、王族ですらいられなくなるだろう。

帝国の血を引く自分を排除したい父が、簡単に許可を出すとは思えない。黙っていれば、カーティスを排除することができるのだから。

港町で三日間考え込んだあと、カーティスは母に向けて別れの手紙を書き、船で隣国に向かった。

サーラも、自分のせいで何もかも捨てることになったのだ。

カーティスもすべてを捨てて、彼女を助けに行こう。

そう決意した。


カーティスがこの国を出たすぐ後に、父はカーティスの廃嫡を国外に向けて正式に発表し、異母弟を王太子にしていた。

サーラを追ってこの国を出ることまで、想定済みだったのだろう。

（それでもかまわない。私は、それだけのことをしてしまった）

リナン王国の王太子だったカーティスは、ただのカーティスとなり、サーラを追ってこの国を旅立ったのだ。


目の前に立っていたのは、かつての婚約者のカーティスだった。

サーラは呆然（ぼうぜん）としたまま、彼を見つめる。

（こんなところまで、カーティス様が？）

リナン王国の国王陛下と王妃陛下が、彼が国を出ることを許すとは思えない。

だとしたらカーティスはサーラを追うために、王太子の地位はもちろん、王族であることさえも捨てて、この国まで来てしまったということだ。

「……ごめんなさい」

サーラの口から、謝罪の言葉が零れ出る。

たしかにカーティスから受けた仕打ちは理不尽なもので、とうてい許せるようなことではない。

でも思い出してみれば、何度も謝罪してくれた彼に、サーラは一度も向き合ったことはなかった。

ただカーティスを否定して、逃げただけだ。

そのせいで、彼はこんなところまで来てしまった。

「サーラ？　どうして君が謝る必要がある？」

彼によって理不尽に運命を変えられてしまった。

でもサーラもまた、カーティスの運命を狂わせてしまったのかもしれない。

「すべてお話しします。ですから、わたしの家まで来て頂けませんか？」

家にはルーフェスがいる。

今からする話は、とても路上で話せるような内容ではないし、彼に立ち会ってもらったほうが安心だった。

「家……」

カーティスは戸惑ったようにサーラを見る。

「君は、盗賊に攫われたのではなかったのか」

思っていたようにカーティスは、サーラが修道院から帰る途中に攫われたのだと思い、捜していたのだろう。

実際は攫われたのではない。自分から逃げたのだ。

そのこともすべて、話さなくてはならない。

そう決意したサーラは、カーティスを連れて自分の家に帰った。

「ルーフェス、ただいま」

そう声を掛けると、奥の部屋からルーフェスが姿を現した。

「サーラ？」

彼はサーラがひとりではないことに気が付いて、不思議そうに声を掛けてきた。その姿を見たカーティスの顔が強張る。

「黒髪の男。お前が、サーラを」

「待ってください！」

カーティスが、腰に差していた剣に手をかける。それを見たサーラはルーフェスの前に立ち、全身で彼を庇うように両手を広げた。

「彼は……。ルーフェスはわたしの恩人なのです」

カーティスの態度から察するに、彼はサーラが行方不明になったときに一緒にいたルーフェスを、疑っていたようだ。

だが今のサーラにとってルーフェスは、誰よりも大切な人だ。

絶対に傷付けさせるわけにはいかない。

「……君が、そう言うのなら」

驚いたような顔をしていたカーティスは、やがて静かに剣から手を離した。

ほっとしたサーラだったが、背後にいたルーフェスに手を引かれ、気付いたら彼の背後に庇われていた。

「相手が誰であれ、敵意を持った人間の前に立ってはいけない」

「私には、サーラを害する気持ちはない」

剣から手を離したものの、ルーフェスに対する敵意を隠そうとしないカーティスに、サーラは狼狽える。ルーフェスもまた、サーラを庇ったまま動こうとしなかった。

「ルーフェス」

困り果てたサーラは、彼にそう声をかけた。

「町でカーティス様にお会いして、同行して頂いたの。きちんと話をしなくてはならないと思って。それには、ルーフェスが一緒にいた方が安心だったから」

「……わかった」

ルーフェスはサーラがカーティスを連れてきたこと、話し合いをしたいのだということを伝えると、すぐにサーラの意思を尊重してくれた。

カーティスは、サーラが彼に頼り切っている様子を見て、困惑したようにふたりの顔を交互に見つめていた。

「カーティス様。すべてお話しいたします。どうぞ、部屋の中へ」

そう促して、先に立って歩く。

カーティスはまだルーフェスを警戒していたが、サーラの言葉に従ってくれた。

まだソファーとテーブルしかない応接間に通して、向かい合わせに座る。古びた家が物珍しいのか、カーティスは周囲を見回していた。

ルーフェスは少し離れたところに立ち、静かに様子を見守ってくれている。

「カーティス様。わたしは、自分の意志であの国を出ました」

どこから話すべきか迷った挙句、サーラは最初にそう告げた。

「父から、あの国から。そして、カーティス様から逃げ出したかったのです」

「自分の意志で？　だが、君の父であるエドリーナ公爵は、娘は盗賊に攫われてしまったのだと断言していた。一途に想っていた娘の気持ちを、どうか忘れないでほしいと……」

やはり父は、自分を利用してカーティスの廃嫡を狙っていたのだろう。

サーラは両手をきつく握りしめた。

カーティスが父の言葉を信じてしまったのは、サーラが何も言わずに彼を拒絶して、逃げてしまったからだ。

彼が理解してくれるまで、きちんと伝えるべきだった。それをしなかったせいで、彼は何もかも捨てて外国にまで来てしまったのだ。

「あの国にいた頃、わたしはすべて父の言いなりでした。カーティス様との婚約も、修道院に入ったのも、すべて父の命令です。わたしがあなたをずっと想っていたということも、父の嘘でした」

その嘘に騙されて、すべてを捨ててしまったのだ。カーティスが激高しても無理はない。

そう思って、サーラは唇を噛みしめる。

「わたしが逃げ出したのも、父に、あなたと結婚してあなたを見張るように言われたからです。もうこれ以上、父の言いなりになるのは嫌でした。だから、逃げ出したんです」

エリーに嫌がらせをしていたと勘違いされていたあのときのように、怒鳴られると思っていた。

そのときの恐怖と絶望が蘇ってきて、握りしめていた手が細かく震える。

でも、背後には、どんなときも味方になってくれるルーフェスがいる。

だから、耐えられた。

「……そうか」

でも予想に反して、カーティスは激高しなかった。

ただ、苦しそうな声でそう呟いただけだ。

「私はサーラに愛されていなかったのだな。……あれほどのことをしてしまったのだ。それも当然か」

噛みしめるような言葉。

今まで信じてきたことが、すべて偽りだったのだ。

受け入れ難いことだろうに、カーティスはそれをすべて飲み込むように、固く目を閉じた。

以前のカーティスなら、間違いなく怒鳴り散らしていたところだ。

初めて、彼の謝罪が本物だったと信じることができた。

「リナン王国に戻るつもりは？」

「ありません。今のわたしは、あの国とも父とも関係のない人間です。共和国の定住許可証を申請して、既に発行してもらいました」

ここにいるのは、リナン王国の貴族でも、公爵令嬢でもない。

パン屋で働く、ただのサーラだ。

サーラがもう共和国の定住許可証を取得していたことに、カーティスはかなり驚いた様子だった。

だがこれで、サーラが本当にリナン王国に帰るつもりがないことが伝わったのだろう。

カーティスは昔から、思い込みの激しいところがあった。

エリーに傾倒したのも、サーラを救わなくてはと、国を出てここまで来てしまったのも、それが原因かもしれない。

「私のせいですべてを失ってしまったサーラを助け出し、今度こそしあわせにしなければならないと思っていた」

今のカーティスは、自分の望んだ結果ではなくとも、何とか受け入れようとしている。

「でも今の君は、充分にしあわせそうだ」

カーティスはそう言うと、寂しそうに笑って立ち上がった。

「今まで本当にすまなかった。……どうか、元気で」

「カーティス様。これからどうなさるのですか？」

目標を失った彼は、どこか危うい。思わず声を掛けると、彼は曖昧に笑って首を横に振る。

「何も」

サーラのためにここまで来たのだ。これからのことなど、何も考えてはいないのだろう。

「ソリーア帝国に行ったらどうでしょうか」

黙って見守っていたルーフェスが、そう声を掛けた。

「ルーフェス？」

突然の提案に、サーラは驚いて彼を見上げる。

「ただ頼るのは皇帝陛下ではなく、レナート皇太子殿下を。あなたは帝国の皇族の血を引いている。皇帝陛下では、リナン王国を制するために利用されてしまう恐れがある」

「……あなたは、いったい」

冷静になったカーティスは、ルーフェスの佇(たたず)まいから、彼がただの平民ではないと気が付いたのだろう。

「その黒髪。もしかして、あなたは帝国貴族なのでは？」

カーティスの母である王妃陛下も、美しい黒髪をしている。

黒髪は帝国貴族の特徴だと、カーティスも思い出したようだ。

「昔の話です。今はサーラと同じように、ただのルーフェスでしかありません」

カーティスはルーフェスと、彼に寄り添うようにしているサーラの姿を見て、何かに耐えるように目を閉じた。

「感謝する」

それだけ告げると、もう振り返ることなく家を立ち去った。

「……」

サーラは何も言えず、ただルーフェスに縋り付いていた。


カーティスが去ったあとは、また静かな日常が続いた。

サーラは毎日パン屋で働いていたし、ルーフェスもなかなか許可証が発行されないことに少し焦りながらも、旅をしていた頃には見せなかったような、穏やかな顔をしていることが増えた。

カーティスは、あれからソリーア帝国に向かったのだろうか。

ふとそんなことを思うが、それを知る術はない。

そんなある日。

パン屋の店主がそろそろ臨月を迎え、店を一時的に休むらしい。

それに伴ってサーラも少しの間、仕事を休むことになった。

本当は他の仕事を探して働こうと思っていたのだが、パン屋の店主に、店を再開したらまた来てほしいと言われていた。

それに運良くサーラは、ここに移住してからすぐに働くことになった。だから、しばらくゆっくりと休んだほうがいいとルーフェスが提案してくれたのだ。

（たしかに、もう少し暮らしやすいように、色々と買い足した方がいいかもしれない）

毎日忙しくしていたせいで、家具や生活必需品なども、まだ最低限のものしかない。

働いていたお陰で資金もある。

しばらくはゆっくりと町を散索したり、買い物をしたりして過ごすのも良いのかもしれない。

そう思っていたサーラのもとに、ある日手紙が届いた。

「え、手紙ですか？」

手紙が届いていると言われて、サーラは驚いて聞き返した。

そのうち孤児院には匿名で手紙を出そうと思っていたものの、ここに住んでいることは、まだ誰にも伝えていない。差出人の名前もなかった。

いったい誰だろうと手紙を開いたサーラは、思ってもみなかった相手に思わず声を上げた。

「カーティス様？」

それは、ひと月ほど前にサーラのもとを訪れ、ソリーア帝国に旅立ったと思われるカーティスからだった。

たしかに彼ならば、サーラがここに住んでいることを知っている。

それでも、カーティスから手紙が届くとは思わなかった。

驚きながらも、すぐに手紙に目を通した。

彼はルーフェスが提案してくれたように、すぐに帝国に渡り、皇太子と連絡を取ったらしい。皇太子はルーフェスが危惧していたように、カーティスが皇帝に利用されることを恐れ、地方にある離宮に彼を住まわせてくれたそうだ。

カーティスも心の整理をするために、休息を必要としていた。

しばらくは皇太子の厚意に甘えて、静かに暮らそうと思っていたらしい。

だが、帝国で政変が起こった。

正しくは、あの皇太子が起こしたのだ。

彼は、一部の貴族と癒着して内部紛争を引き起こしていた皇帝を退位させ、自分が帝位についた。

ルーフェスの妹の婚約者だったレナート皇太子が、今はソリーア帝国の皇帝になったのだ。

そして皇帝となったレナートには、かつて最愛の婚約者がおり、その婚約者の殺害に関わった罪で、レナートの妃となっていた女性を投獄したと記されていた。

レナート皇帝は、婚約者の死の真実を伝えるために、出奔してしまった婚約者の兄を捜しているのだという。

皇帝から聞いた特徴から、カーティスはルーフェスがその兄ではないかと思い、サーラに手紙を出したらしい。

「……ルーフェスに、伝えないと……」

サーラは狼狽えながらも立ち上がり、手紙を持って彼の部屋に駆け込んだ。

「サーラ？」

ルーフェスは窓辺に置かれた椅子に座り、静かに読書をしていたらしい。

定住許可証は、今もまだ発行してもらうことができずにいた。

でも役場によると、男性はそれくらいかかるのが普通のようだ。

定住希望者は女性よりも男性が多く、ルーフェスの手続きに時間がかかっているというよりは、順番待ちをしている人がそれだけ多いということのようだ。

仕事もできずに手持ち無沙汰の様子だったが、ここ最近は図書館に通い、共和国の歴史や法律などの本を読んでいた。

今日も図書館から借りてきた本を読み耽っていたらしいルーフェスは、部屋に飛び込んできたサーラの勢いに驚き、本を閉じて立ち上がった。

「どうした？　何かあったのか？」

「あの、これを」

詳細を説明する余裕もなく、サーラはカーティスからの手紙を差し出す。

「手紙？」

サーラに渡された手紙を、不思議そうにしながらもルーフェスは広げる。

そこに書かれた内容は、間違いなく彼に衝撃を与える。

サーラは両手をきつく握りしめて、彼を見つめた。

(ルーフェス……)

最初は、彼には知らせない方がよいかもしれないと思った。

ルーフェスはまだ、妹の死から立ち直っていない。

それなのに、最愛の妹が本当は殺されたのだと知ったら、どれだけつらい思いをするだろう。

でも彼は、妹を死なせてしまった罪悪感をずっと抱えている。

その死因が過労による病ではないのであれば、妹の死はルーフェスのせいではない。

それだけは、知ってほしい。

「……何てことだ」

手紙が、はらりと床に落ちた。

ルーフェスは片手で顔を覆い、もう片方の手は、残酷な真実に耐えるように、きつく握りしめられていた。

「皇太子妃……。まさか、あのマドリアナが」

ルーフェスの妹エリーレが、仲良くなったと嬉(うれ)しそうに話していたらしい、皇太子のもうひとりの婚約者。

ピエスト侯爵家の令嬢マドリアナが、エリーレを殺した。

そのまま崩れ落ちそうなルーフェスに抱きつき、サーラは全身で彼を支えた。

「……帝国に、行きましょう」

縋るように自分の手を握っている彼に、サーラはそう言った。

「わたしも一緒に行くから」

ルーフェスがサーラを自由にしてくれたように、今度は彼を支えたいと、強く思う。


サーラはすぐに行動を開始した。

まずパン屋の店主に、少し国を離れなければならない事情ができたことを告げる。

もともとサーラが働いていたパン屋は、店主が出産と育児のため、しばらく休むことになっていたから、迷惑をかけずに済んだ。

それから家を借りている大家のところに行って、長期間留守にすることを告げ、家賃を半年分ほど前払いで支払った。

それからカーティスに、手紙の返事を出す。

ほとんど同時になってしまうかもしれないが、うまくいけばこちらがソリーア帝国に辿り着く数日前に届くかもしれない。

（あとは、馬車の手配と、旅の準備ね）

帰りに商店街に寄って、水や食料などの必要なものを買い込んだ。

馬車は乗り合い馬車にしようと思っていたが、今の彼の状態では、大勢の中に押し込められるのはつらいかもしれない。

そう考えて、借り切り馬車を手配する。

初めてのことで戸惑うこともあったけれど、ルーフェスがずっとしてくれていたことを、傍で見ていたので、何とかすることができた。

それから急いで家に戻った。

ルーフェスは、リビングのソファーに座り込んだままだった。彼の受けた衝撃の大きさを思うと、サーラも泣いてしまいそうになる。

(だめよ。今度はわたしがしっかりしなくては。ルーフェスを、帝国に連れていくの)

出発は、明日の朝だ。

旅支度を整えて、荷物もすべてリビングに運び込む。これで、明日の朝になったらすぐに出発することができる。

「ルーフェス」

彼の前に跪(ひざまず)き、覗(のぞ)き込(こ)むようにして、その顔を見上げた。

「馬車の手配をしたわ。出発は明日の朝よ。今日はゆっくりと休んで、明日に備えましょう」

「サーラ」

ルーフェスはその声に我に返ったように、サーラを見つめた。

「……すまない。何もかも、君にさせてしまった」

「いいの」

サーラは笑顔でそう言った。

「あなたがわたしにやってくれたことを、そのまま返しているだけよ」

どちらからともなく手を伸ばして、しっかりと握り合う。

祖国に帰ったルーフェスに待っているのは、さらに残酷な現実だろう。

でも、どんなときでもこうして彼を支える。サーラは、ひそかにそう誓っていた。


翌日。

サーラはルーフェスとともに、ようやく辿り着いた安住の地を出発した。

まさか、こんなにすぐに他の国に行くことになるとは思わなかったが、ルーフェスのためだ。

ソリーア帝国は海に接していないので、陸路で行くことになる。

それでもこのティダ共和国とは隣国なので、リナン王国から来た道のりの半分ほどだ。

サーラは、いつにも増して口数の少ないルーフェスの様子を気遣いながら、馬車の中でソリーア帝国までの道のりと、日程を何度も確認していた。

旅は順調で、馬車は日が暮れる前に、今日の目的地だった大きな町に辿り着くことができた。

今夜はこの町に泊まり、大きな河を渡し船で移動して、また次の町を目指すことになっている。

宿に入って一息つく頃には、ルーフェスもだいぶ落ち着きを取り戻していた。

サーラが夕食の準備をしている間、彼は、カーティスの手紙をもう一度じっくりと読み直していた。

「レナート皇太子殿下が、皇帝に……」

かつて妹の婚約者として、皇太子と近しい関係であったルーフェスは、彼が父である皇帝を廃してまで皇位に就いたことに、疑問を抱いたようだ。

「帝国に入る前に、少しその辺りを探ったほうがいいかもしれない」

瞳を細めてそう言うルーフェスは、すっかりいつもの彼に戻ったように見える。

（でも……）

表面上は普通に見えるのに、サーラには、彼が様々な感情を必死に押し込めているのがわかってしまう。

（わたしにできることなんて、ほとんどないけれど。でも、こうして一緒にいることはできるから）

そんな想いを込めて、静かに彼に寄り添った。

宿の中で夕食を済ませた後、ルーフェスは情報収集をしてくると言って、夜の町に出かけて行った。

サーラも付いて行こうと思っていた。だが、彼に部屋に戻っているようにと言われてしまい、素直にその言葉に従うことにした。

こんなときに、余計な心配をかけてしまうわけにはいかない。

せめて戻って来るまで待っていようと思っていたのに、夜明け近くになってもルーフェスは戻ってこなかった。

待っているうちについ眠ってしまったようで、気が付けば朝になっていた。

「……ルーフェス？」

慌てて周囲を見回すと、彼は隣にある寝台の上に座っていた。

珍しくぼんやりとした様子で、サーラが起きたことにも気が付いていないようだ。

昇ったばかりの太陽の白い光が、ルーフェスの横顔を照らしていた。

その視線は、遥か遠くを見ている。

思えば最初に会ったときから、彼はこんな目をしていた。

人嫌いで無愛想で、それでも困っているときは、必ず手を差し伸べてくれた。

話しかけることができなくて狼狽えていたとき、優しく声を掛けてくれた。

町に出かけたあの日は、無知なサーラが雷鳴が轟く中、大木の下で雨宿りしているところを見つけて、危険だと教えてくれた。

床に水を零して途方に暮れていたときも、呆れたような顔をしながらも片付けを手伝ってくれた。

そうして、父の非情な命令に生きる気力さえなくして、死んでしまいたいと口走ったサーラを、この共和国まで連れてきてくれたのだ。

旅の途中でも、数えきれないくらい、ルーフェスには助けられている。

その度に、心が温かくなるような、優しい感情が芽生えていた。

（わたしはきっと、ルーフェスのことを……）

愛している。

そう思った途端に頬が紅潮して、サーラは両手で頬を覆った。

芽生え始めた想いを押し込めるように、きつく目を閉じる。

この想いを今、外に出してはいけない。

ルーフェスは今、妹の死の真実と向き合おうとしている。

そんな彼を支え、今までの恩返しをしなくてはならない。

「サーラ?」

ルーフェスは、ようやくサーラが起きていることに気が付いたようだ。

名前を呼び、柔らかな笑みを浮かべる。

「すまない。起こしてしまったか?」

「ううん。帰って来るまで待つつもりだったのに、いつのまにか眠ってしまって」

「情報を得るのに、思っていたよりも時間が掛かってしまった。だが、ようやく仔細(しさい)がわかった」

ルーフェスはそう言うと、次の言葉を躊躇うようにサーラを見た。

「どうしたの?」

「この件には、リナン王国が深く関わっていた」

「えっ……」

捨て去ったはずの祖国の名を耳にして、思わず驚きの声を上げる。

「伝えるべきか迷ったが、いずれ耳に入るだろうから、俺の口から伝えておこう。リナン王国の国王。そしてエドリーナ公爵が、この件には深く関わっていた」

「父が……」

エドリーナ公爵は、サーラの父だ。

娘を道具のように使い、カーティスを言葉巧みに操って、王太子の地位を捨てさせた。その父が、今度は何をしたのだろう。

「カーティス王太子が国を出た後、国王はエドリーナ公爵と共謀して、今度は帝国出身のリナン王国の王妃を排除しようとしたようだ」

サーラの様子をうかがいながら、ルーフェスは知り得た情報を話してくれた。

リナン国王は、この機会に帝国の影を完全に排除したかったのだろう。

だが、その方法は少々乱暴なものだった。

カーティスの母であるリナン王国の王妃を、不義の疑いで追放しようとしたのだ。

もちろんそのような事実はなく、王妃は抗議を続けて、とうとう投獄されてしまう。それを聞いたソリーア帝国の皇帝は激怒し、リナン王国に兵を向けようとした。

抗議はするべきだが、侵略をしてはいけない。

レナート皇太子はそう父を諫めたが、皇帝はまったく聞き入れなかった。

このままでは両国の間で戦争が引き起こされてしまう。

そう思ったレナートは、父を強引に退位させ、皇帝の地位に就いた。

「そんなことが」

ルーフェスの話を聞いて、サーラは両手を握りしめる。

家を出てティダ共和国に移住したサーラにとって、父はもう父ではない。

でもあの国には、大切な人たちがいる。

もし戦争になってしまったら、孤児院で暮らす彼女たちにも、被害が及ぶかもしれない。

「父にしては、強引で雑な手口です。冤罪で王妃陛下を投獄するなんて」

父ならば、もっとうまく立ち回るのではないか。

サーラがそう言うと、ルーフェスも頷いた。

「もう帝国など敵ではないと思って慢心していたのか。もしくは、戦争を引き起こすことが目的だったのか」

さすがに戦争になってしまったら、リナン王国にも利はない。

だが父には、エドリーナ公爵にはあったのかもしれない。

娘ですら駒でしかなかった、あの父だ。国王陛下の側近ではあるが、心から忠誠を誓っているかは、怪しいところである。

「……これからどうなるのでしょうか」

不安になって、サーラはルーフェスを見上げた。

レナート皇太子が皇帝になったので、戦争は避けることができるだろう。

だが王国側が帝国の皇族であった王妃を冤罪で投獄してしまったのだから、このまま終わるとは思えない。

「レナート殿下は、国政に関しては公正無私なお方だ。リナン王国の王妃を救うために、手を尽くされるだろう」

深く関わっていたルーフェスがそう言うのなら、両国が戦争になってしまうことはない。サーラはほっとしたが、ルーフェスの顔は曇ったままだ。

そちらは大丈夫だが、問題は皇妃の件だ。

「エリーレのことになると、レナート殿下は激情に駆られることがある」

かつての最愛の婚約者である、ルーフェス・ロードリアーノ公爵の妹、エリーレ。

彼女の殺害に関わったとされた、自分の妃マドリアナを、父親のピエスト侯爵や親族の必死の嘆願にもまったく耳を貸さずに死刑にすると公表してしまったらしい。

おそらく、レナート皇帝を止められるのはルーフェスだけだ。

だが彼にとっても、マドリアナは最愛の妹の仇。

簡単に許すことなどできないだろう。かといって、いくら妹の仇とはいえ、若い女性が無残に処刑されてしまうことを喜ぶような人ではない。

俯いた彼の姿から、その葛藤が伝わってくる。

サーラはただその背を、抱きしめることしかできなかった。

第七章

それからの旅は、順調だった。

ソリーア帝国とティダ共和国の国境には、船で渡らなくてはならないほど大きな河がある。国境なので、当然のように警備は厳重で、通過するためには審査を通過しなくてはならない。

ティダ共和国の住民権を持っている者で、五日ほど。

持っていない者ならば、十日以上の時間が必要だった。

だがルーフェスにはまだ定住許可証が発行されていなかったこともあり、彼の身分はソリーア帝国の貴族のままだ。

ロードリアーノ公爵家の当主が帝国に帰るのだから、審査などあるはずもなく、ふたりはあっさりと国境を越えることができた。

大きな河を越えると、そこにはもう帝国の街並みが広がっている。

（ここが、ソリーア帝国……）

最近はやや権威が落ちてきたとはいえ、大陸屈指の大国であるソリーア帝国の街は、今までサーラが見てきたどの国よりも整然としていた。

街を守る警備兵も多く、女性や小さな子どもまで、安心してひとりで歩くことができるようだ。

リナン王国よりも、治安はかなり良い。

隣にいるルーフェスは、懐かしい祖国の街並みを、静かな瞳で見つめていた。

「……ルーフェス」

妹を失い、何もかも捨てて去った祖国。

彼は今、何を思っているだろう。

「サーラ。俺はもう大丈夫だ」

不安になって名前を呼ぶと、ルーフェスはまっすぐにサーラを見て、微笑んだ。

「どんな真実でも、恐れずに受け止める。その覚悟ができた。君がこうして、ずっと傍で寄り添ってくれたお陰だ」

「そんな。わたしなんて、何も……」

何度も首を横に振る。

彼のために何かすることができたら、どんなによかったか。

でも今のサーラは、ただのティダ共和国の移住者にすぎない。ただこうして彼に寄り添っていることしか、できなかったのに。

ルーフェスは、そんなサーラの手を握った。

最初に会ったときのような憂いを帯びた表情ではなく、その言葉通りに覚悟を決めた、力強い視線をサーラに向けていた。

「俺は君を助けたつもりで、本当はずっと支えられていたのかもしれない」

「わたし、あなたを助けることができたの？」

「ああ。サーラがいてくれなければ、俺はこの国に戻ろうとは思えなかった」

ルーフェスはそう言うと、眩しいものを見つめるように、目を細めてサーラを見た。

「エリーレより過酷な環境で、ひとり耐えていた強さ。そんな状況に追いやった、リナン王国の元王太子を許す優しさ。ようやく手にした安定した生活を簡単に手放して、ここまで一緒に来てくれた行動力。君のすべてが、俺を奮い立たせてくれた」

「……」

思ってもみなかった言葉に、涙が溢れそうになる。

昔から、父の言いなりに動いてきた人形だった。

父のもとを飛び出してからも、ずっと誰かに助けられながら生きてきた。

そんな自分が誰かを救うことができた。

それがルーフェスであることが、たまらなく嬉しい。

「もし、マドリアナが本当に妹を殺したのなら、俺は彼女を許すことはできない。だが、ソリーア帝国では百年ほど前に死刑制度は廃止されている。罪は、法律の範囲内で裁かれるべきだ」

法律を超えた処罰は、ただの報復でしかない。

有能な皇帝になるはずだったレナートが道を外してしまうことを、エリーレは絶対に望んではいないだろう。

「俺は、どんなに不興を買おうとも、それを皇太子殿下……。いや、皇帝陛下に申し上げなくてはならない」

「ええ。そうね」

サーラも頷（うなず）き、決意に満ちたルーフェスを見上げる。

「わたしは、ずっと傍にいるわ」

それしかできない。

でもそれでルーフェスの力になれるのなら、どんな状況になってもけっして離れないと誓う。


ソリーア帝国はとても広く、帝都に入るまでかなり時間を要した。

そのせいで、サーラがカーティスに出した手紙の方が先に届いていたようだ。

帝都の城門の前には複数の騎士が立っていて、ルーフェスとサーラの到着を待っていた。彼らに先導され、休む暇もなくそのまま王宮に向かう。

ルーフェスはサーラを休ませたかったようだが、そんな心遣いにも首を横に振る。

「一緒に行くわ」

離れるつもりがなかったサーラは、ルーフェスとともに、ソリーア帝国の王宮に足を踏み入れた。

王宮ですれ違う人々は皆、ルーフェスの姿を見て驚いた様子だった。

何か言いたそうに視線を送る者もいる。

だが、誰もが遠巻きにこちらを見ているだけだ。

やがて、王宮の奥にある謁見の間まで辿（たど）り着いた。扉の前を守っていた騎士が、大きな扉をゆっくりと開ける。

かなりの広さがある謁見の間の一番奥の玉座に、若い男が座っているのが見えた。

彼がソリーア帝国の新皇帝、レナートだった。

ルーフェスや、リナン王国の王妃と同じ黒髪に、色素の薄い水色の瞳。

玉座に腰を下ろしているので推測でしかないが、かなり背が高いようだ。

その威風堂々とした風格からは、若いながらも王者としての貫禄を感じる。もし彼を即位したばかりの若い皇帝と侮っている者がいたら、その姿に圧倒されることだろう。

彼を守護する王宮騎士は、微動だにしない。

騎士たちの緊張した表情から察するに、ソリーア帝国の新皇帝はかなり厳格な性格のようだ。

そんなレナートが、ルーフェスの姿を見た瞬間、思わずといった様子で立ち上がった。

「ルーフェス」

悲痛。再会の喜び。憤り。謝罪。

様々な感情が込められた声が、彼の名を呼ぶ。

「皇太子殿下……。いえ、皇帝陛下」

ルーフェスは彼の前に進み出ると、その場で跪き、帝国式に忠誠を示した。そんなルーフェスの姿に我に返ったように、レナートは玉座に座り直す。

「よくぞ戻った」

ひとことだけそう言うと、視線をサーラに向ける。

「彼女はカーティスの元婚約者の、エドリーナ公爵家の令嬢だったな」

レナートの口から父の名が出た途端、周囲からの視線が厳しくなる。

父はリナン国王と共謀して、帝国の元皇族であるリナン王国の王妃を陥れたのだから、それも当然かもしれない。

サーラはその視線を受け止めるように、まっすぐに前を向いていた。

たとえリナン王国を出て父との縁を切ったとしても、その血を引いている事実は変えられない。

父に対する恨みが自分に向いたとしても、それを受け止めなければと覚悟を決める。

「サーラは、ティダ共和国の定住許可証を得ています」

そんな悲壮な決意をしたサーラを庇うように、ルーフェスがやや語気を強めてそう言った。彼の言葉に驚いたように目を細めたレナートは、静かに頷く。

「そうであったな。彼女はロードリアーノ公爵の大切な客人のようだ。謂れなき悪意を向けることは許さぬ」

レナートがそう言い放つと、サーラに向けられていた視線は嘘のように霧散した。

内心はどうかわからないが、表向きは平穏に戻っている。

見事な統率に驚くと同時に、サーラは彼が独裁者になるかもしれない危険性を孕んでいることに気が付いた。

レナートには、間違ったときには恐れずに彼を諌め、意見を言える人間が必要なのだ。

きっと、ルーフェスのような。

「長旅で疲れたであろう。今日はこの王宮でゆっくりと休むがいい」

皇帝との対面はそれだけで終わり、サーラとルーフェスは王宮にある客間に通された。部屋は別だが、隣のようだ。

サーラは入浴をしてから、侍女によって着替えさせられた。

（ドレスなんて、久しぶり……）

サーラはもう貴族ではないが、王宮に滞在している以上、平服でいることは許されないのだろう。

リナン王国とは流行も違っているようで、あまり装飾のない大人びたデザインのドレスだった。

その代わり髪型には凝るようで、サーラの金色の髪も艶やかに磨かれて綺麗に編み込まれ、美しい宝石のついた髪飾りをつけられた。

「とてもお綺麗ですよ」

サーラの身の回りの世話をしてくれたのは、優しい笑顔の壮年の侍女で、そう言って鏡の前に立たせてくれた。

淡いブルーのドレスに大きなエメラルドの髪飾りをつけた姿は、自分でも驚くほど大人っぽく見えた。

「どうぞ、こちらでゆっくりとお休みください」

そう言って彼女が紅茶を淹れてくれたので、サーラは少し落ち着かないような気持ちになりながらも、ゆっくりと香りを楽しみながら紅茶を飲んでいた。

そうしているうちに部屋の扉が叩かれ、侍女が対応してくれた。

（ルーフェス？）

思っていた通りに訪ねてきたのはルーフェスだったが、なぜか背後には先ほど別れたはずの皇帝の姿があった。

サーラが慌てて立ち上がると、レナートは手を上げてそれを制する。

「ゆっくり休めと言っておきながら、すまない。だが、あなたにはどうしても礼を言っておきたかった」

彼はそう言うと、先ほどとは比べものにならないほど穏やかな瞳で、サーラを見つめた。

「お礼、でしょうか」

「ああ。ルーフェスが、あなたがいなかったら帰国する決心がつかなかったと言っていた。彼を連れてきてくれたことに、心から感謝する」

誠意のこもった言葉に、サーラのほうが慌ててしまう。

「いいえ、わたしはただ、ルーフェスの傍にいただけです」

「あなたにとってはそうかもしれないが、ルーフェスにとっては、とても大きなことだった。お陰でようやく、彼に謝罪することができる」

レナートはそう言うと、ルーフェスに向き直り、声を震わせてこう言った。

「すまなかった。大切な妹を預けてくれたのに、必ず守ると誓ったのに、私は、それを果たすことができなかった……」

尽きることのない悔恨が、その言葉から溢れ出ている。

彼はルーフェスの妹を、本当に心から愛していたのだろう。

それほどまで大切だった人が病死ではなく、殺されてしまったのだと知ってしまい、レナートは公平無私な皇帝でいることができなくなってしまったのだ。

「どうして、彼女の仕業だとわかったのでしょうか」

そう尋ねたルーフェスは平静を保っているように見える。

でも、平気なはずがない。

(傍にいるから)

そんな想いを込めて、そっと彼の手に触れる。

サーラは完全に部外者だが、ルーフェスの傍を離れるつもりはなかった。彼もそう望んだからこそ、わざわざサーラの部屋にレナートを連れてきたのだろう。

「すべて、説明する。つらいかもしれないが、聞いてほしい」

レナートは何度も言葉に詰まりながら、事の経緯を話してくれた。

始まりは、今から四年ほど前のことだった。

婚約者だったエリーレが亡くなり、その兄のルーフェスも失踪してしまった。

ひとり残されたレナートはしばらく塞ぎ込んでいたが、もうひとりの婚約者のマドリアナが、彼を献身的に支えてくれた。

彼女の父であるピエスト侯爵はエリーレを敵視していたが、マドリアナ自身は不思議とエリーレとも仲が良かった。

このときのレナートはそう思い込んでいたし、実際に生前のエリーレも、彼女とよくふたりだけのお茶会をしていると話してくれていた。

だから、信じてしまった。

大切な友人を失ったと嘆き悲しむ彼女だけが、自分の悲しみを真に理解してくれていると思い込んでしまったのだ。

ルーフェスも、もういない。

レナートがエリーレとの思い出を語ることができるのは、マドリアナだけだった。

そうしてエリーレが亡くなってしまってから半年が過ぎ、レナートは皇帝である父の命令で、彼女を皇太子妃として迎えることになった。

たった半年で、彼女を忘れられるはずもない。

本当は、エリーレと挙げるはずだった結婚式だ。

父の命令とはいえ、レナートには苦痛でしかなかった。

マドリアナは皇太子妃に相応しく、人前ではしあわせそうに微笑んでいたが、レナートの前では同じように、エリーレを思って涙を流していた。

あれほど愛した人を、すぐに忘れる必要はないと言ってくれた。

「父にはわたくしから、上手く言っておきます。ですから、心配なさらないでください」

そう言ってくれたのだ。

半年ほどは形だけの結婚になってしまったが、そんなマドリアナだったからこそ、レナートも少しずつ彼女のことを受け入れることができた。

だが結婚してから二年が経過しても、ふたりの間に子どもを授かることができなかった。

マドリアナの父であるピエスト侯爵は焦っていたが、これぱかりはどうすることもできない。

やがて、後継者ができないことを心配した皇后の願いで、皇帝はレナートに側妃を迎えるように命じた。

エリーレでなければ、誰だって同じことだ。

もともと婚約者がふたりいたこともあり、レナートはあっさりとそれを受け入れた。

マドリアナも表面は穏やかで、レナートはリアンジュという女性を側妃として迎え入れた。

だが、それからさらに一年後。

レナートの子を妊娠していた側妃が、何者かに毒を盛られて危篤状態になるという事件が発生する。

手を尽くして側妃だけは救うことができたが、残念ながらお腹の子どもは亡くなってしまった。

皇太子の子を殺害した罪は大きい。

皇帝の命によって王宮中の人間が厳しく取り調べを受け、とうとう犯人が判明した。

それは何と皇太子妃マドリアナの侍女で、彼女は主の命令によって、皇太子妃とのお茶会に訪れた側妃に毒を盛ったのだと証言したのだ。

もちろんマドリアナは涙ながらにそれを否定し、父のピエスト侯爵も娘を全力で庇った。

側妃に毒を盛った侍女は、マドリアナの幼少の頃からの友である。

すべて、主を思うばかりに暴走してしまった侍女の仕業だった。

そう結論が出そうになったが、レナートは結論を急がせずに、さらなる調査を命じた。

お茶会で出す紅茶に、毒を入れた。

その手口に、引っ掛かるものを感じたからだ。

エリーレもよく、マドリアナとお茶会をしていた。

体調を崩すようになったのは、それからではなかったか。

レナートは牢に捕えられたマドリアナの侍女に事の真相を問い詰めた。

そうして自分がマドリアナに見捨てられたことを知った侍女は、とうとう彼女の命令で、エリーレにも毒を盛ったと白状したのだ。

それは今回側妃に盛った毒のように即効性があるものではなく、少しずつ身体を弱らせてしまう類のものだった。

エリーレはマドリアナとお茶会をするたびに、毒物が身体に蓄積して弱っていった。

一時期体調が回復したのは、マドリアナに会わなくなったからだ。あのまま静養していれば、毒からは完全に回復し、彼女が命を落とすことはなかった。

それを知ったレナートは絶望し、そのままマドリアナを地下牢に捕えた。

エリーレを友人だと言い、涙を流していた彼女こそが、エリーレを殺害した真犯人だったのだ。

たとえ彼女が、自分の妻でも、絶対に許すことはできないと思った。

サーラはルーフェスの傍で、ふたりの話し合いを静かに聞いていた。

一度体調が回復したエリーレを、再び王宮に行かせてしまったこと。

マドリアナとお茶会をしていたことを知りながら、それを阻止することができなかったこと。

ふたりの後悔は、そのことに集中していた。

たしかに、それらを防ぐことができていたら、ルーフェスの妹は死ななかったのかもしれない。

でも、どちらもエリーレ自身が望んだことだ。

確たる証拠がなかったあの当時に、防ぐことはできなかった。

ふたりとも、それをよくわかっている。わかっていても、後悔とはまた別のことなのか。

エリーレという女性は、それだけ深く愛されていた。

それを間近で見ていたマドリアナは、どんな心境だったのだろう。

「……どうして、彼女は」

「サーラ？」

思わず呟（つぶや）いた言葉は、ルーフェスに届いていたようだ。

「すみません。彼女の動機が何だったのか、気になってしまって。父親に命じられたのでしょうか」

以前の自分のように、父親に命じられたままに動く人形だったのではないか。だとしたら、その罪を彼女だけに背負わせるのは、酷ではないか。そう思ってしまった。

だが、レナートはそれを否定した。

実行犯の侍女は、ピエスト侯爵ではなくマドリアナに命じられたのだと証言していた。

そしてピエスト侯爵もまた、娘と同じように取り調べを受けることになったが、いくら調査してもその言動に矛盾は見つからなかった。

彼自身も、娘のしたことにかなり動揺している様子だった。

「間違いなく、彼女自身の意志だろう。それほどまでに、皇妃という地位に執着していたのかもしれない」

たしかに、マドリアナが害したのは皇太子であるレナートの傍にいた女性ばかりだ。

エリーレは、レナートの最愛の女性だった。彼女が生きていれば、マドリアナが皇妃になることはできなかった。

そうして、もうひとりは彼の子を身籠った側妃。

たとえ彼女に男児が生まれようと、マドリアナの父であるピエスト侯爵が失脚でもしない限り、彼女の皇妃としての地位は安泰だったはずだ。

だがピエスト侯爵を重用していたソリーア帝国の皇帝は、リナン王国に侵攻しようとして退位させられている。

そして皇帝として即位したレナートは、マドリアナの父を疎んじていた。

それを知っていたからこそ、自らの地位が危ぶまれると危惧して、マドリアナは行動したのだろうか。

それこそ自分の父に相談するべきことだ。

独断で実行するには、あまりにもリスクが大きい。

（彼女の本当の望みは、何だったのかしら……）

レナートは、マドリアナの動機をそこまで重要視していないようだ。

彼女がエリーレを殺した。レナートにとって重要なのは、その事実だけだ。

ルーフェスはどうだろうか。

彼を見上げると、考え込むような表情を見せていたルーフェスは、レナートに向かってこう告げた。

「マドリアナに会わせてくれないか。何故、妹を殺したのか。俺は、その理由が知りたい」

レナートはあまり気が進まなかった様子だが、それでもルーフェスの望みを叶えてくれた。

だが彼自身は、マドリアナの顔を見たくもないらしい。

それからサーラはルーフェスとともに、皇帝の騎士に導かれてマドリアナが幽閉されている地下牢に向かうことになった。

厳重な扉をいくつも潜り抜けて、石段を下りていく。

そうして辿り着いた地下牢は、暗闇に支配されていた。

明かりは騎士の掲げるランプだけで、足もとさえもよく見えない状態だ。ルーフェスが手を取ってくれなかったら、石段から足を踏み外していたかもしれない。

だが王宮内にある地下牢なので、それほど劣悪な環境ではない。

それでも、少し前まで皇太子妃だった彼女にとって、耐えがたい場所であることは確かだ。

ここまで誘導してくれた騎士がランプをかざすと、目の前に頑丈な鉄格子が見えた。その中に、ひとりの女性が座っているのが見える。

彼女がマドリアナだろう。

美しい女性だった。

深みのある茶色の髪は乱れていたが、少し前までは美しく艶やかであったはずだ。質素なドレスに包まれた身体はほっそりとしているが、女性らしく美しいラインを保っている。

「……レナート様？」

急な明るさに視界を奪われたのか、目を瞑って彼女が呼んだのは、夫であるレナートの名だった。

無実を訴えるつもりだったのか、それとも慈悲を乞うつもりだったのか。

甘い声で夫の名を呼んだマドリアナは、ルーフェスの姿を見た途端、顔を強張らせた。

「ルーフェス様……」

どこか夢見るように、ふわふわとしていた彼女の視線が定まり、彼女はルーフェスを見つめた後に、そっと目を閉じて俯いた。

「わかっているわ。レナート様はもう、わたくしに会いに来てはくださらない。わたくしを許さない。あの方の最愛の女性を、奪ってしまったから……」

涙が零れ落ちる。

こんなにも悲しげに泣いているのに、彼女に後悔しているような素振りはなかった。

罪を悔いているのではなく、自分の境遇を憐れんでいるのでもない。

「どうして、エリーレを殺した？」

ルーフェスの問いかけに、マドリアナはすぐに答えなかった。

沈黙が続く。

サーラはそっと、ルーフェスの背に手を添えた。

自分の妹が殺されてしまった理由を知るのは、とてもつらいだろう。

「……許せなかったの」

どのくらい、時間が経過したのだろう。

やがて彼女は、ずっと秘めていた思いを吐き出すように、強い口調でそう言った。

「わたくしがどんなに望んでも得られなかったものを、簡単に手にすることができるのに。それを、あの子は素直に受け取ることもせずに頑なに固辞していたわ。それが、どうしても許せなかった……」

マドリアナの瞳に、深い絶望が宿る。

それはあまりにも昏く深く、見ているだけでその闇に引きずり込まれてしまいそうだ。

「エリーレが、いったい何を」

ルーフェスは困惑していたが、サーラにはわかってしまった。

彼女がエリーレだけではなく側妃まで毒殺しようとした時点で、何となく気が付いていたのだ。

「それほど、愛していたのですか？」

マドリアナは、サーラの呼びかけに何度も頷いた。

「……ええ。愛していました。レナート様を、誰よりも」

レナートにとって、マドリアナは政略結婚の相手に過ぎない。

本当に愛していたのはルーフェスの妹エリーレで、彼女のことだけが大切だった。

でもマドリアナは、そんなレナートを愛していたのだ。

その手を血に染めてしまうほど、深く。

「もしエリーレが、レナート様のことを愛していたら。レナート様に愛されるという喜びを素直に受け取っていたら、わたくしもここまであの子を憎むことはなかった。でも、エリーレは……」

マドリアナが切望し、そして得られなかったもの。

レナートの愛を一身に受けたエリーレは、それを辞退し続けていた。

後ろ盾がないという、ただそれだけの理由で。

「……罪を、認めますわ」

言葉をなくして立ち尽くしているルーフェスの前で、マドリアナはぽつりとそう言った。

「エリーレとリアンジュに毒を盛るように指示したのは、わたくしです。侍女は、わたくしの指示に従っただけ。父も、関係ありません。覚悟はできています。どうかわたくしを、死罪にしてくださいませ」

マドリアナとの面会を終えたサーラとルーフェスは、地下牢から王宮内の客間に戻った。

あんな話を聞いたあとに彼をひとりにする気にはなれなくて、サーラは自分の部屋ではなく、ルーフェスの部屋に一緒に行くことにした。

俯き、ソファーに座り込んだままのルーフェスに、そっと寄り添う。

妹の死因が他殺だったというだけでも衝撃的なのに、仲良くしていた相手に憎まれて殺されてしまったのだ。

エリーレが、レナートと婚約しなければ防げた悲劇だ。

ルーフェスはそう思って、自分を責めている。

レナートもきっと同じだろう。

今頃は同行した騎士が、マドリアナの証言をすべて彼に報告しているはずだ。

(でも……)

サーラは不思議に思う。

エリーレは本当に、ただ義務だけで耐えていたのか。

そしてマドリアナから向けられる悪意に、まったく気が付かなかったのだろうか。

自分と違って、エリーレは婚約者にも家族にも愛されていた。

もし彼女が本気で嫌がっていたら、レナートもルーフェスもそれを強要することはなかったはずだ。

王国と帝国の差はあるかもしれないが、妃(きさき)教育もかなり厳しい。

ただ義務だけで、それに耐えていたとは思えない。

それにマドリアナから向けられた悪意に、まったく気が付かないほど鈍感な女性ではなかったように思える。

（私は彼女を知らないから、想像でしかないけれど……）

マドリアナに憎まれていることも、周囲から勝手に期待され、また勝手に疎ましく思われていることも、すべて受け入れていた。

そして自分の意志で、レナートの傍にいることを選んだ。

そう思えてならない。

彼女もまた、レナートを愛していたのではないか。

だが、確証もないのに故人の想いを勝手に代弁することはできない。

今のサーラにできるのは、ただルーフェスの傍にいることだけだった。


ロードリアーノ公爵家の当主であるルーフェスが帰国し、皇太子妃であったマドリアナが罪を認めたことで、王宮は急に騒がしくなったようだ。

身元は伏せていても、いつサーラが、帝国と対立状態にあるリナン王国の公爵令嬢であることが知られてしまうかわからない。

いくら身分を捨てたとはいえ、あのエドリーナ公爵の娘であることは変わらないのだから、サーラに敵意を向ける者がいる可能性もある。

そう危惧したルーフェスの提案で、サーラは彼が帝都に所有していた屋敷に移ることになった。

長い間放置されていた屋敷だが、レナートの命令で綺麗に保たれていたようだ。

ここは彼の最愛の恋人、エリーレが住んでいた場所である。

朽ちていく様子を、彼がそのまま見ていられるはずもない。

だから、ルーフェスが失踪した当時のまま、庭に至るまで、手入れが行き届いていた。

昼は王宮にいるルーフェスも、夜にはこの屋敷に戻ってきてくれる。

だからひとりでも大丈夫だと思っていたが、レナートは屋敷に数人の侍女と護衛騎士を派遣してくれた。

ルーフェスも心配してくれているようだし、皇帝陛下からのご厚意を辞退するわけにもいかない。

それを有り難く受け入れることにした。

昼の間、ルーフェスは王宮に赴き、そこでレナートと話し合いを続けているようだ。

おそらく、話し合いの内容はマドリアナの処遇についてだろう。

今までは彼女自身がけっして罪を認めず、帝国内の権力者であった彼女の父、ピエスト侯爵も娘の無罪を訴えていたこともあって、皇帝の暴走ではないかと囁（ささや）く者もいた。

だが、マドリアナは罪を認め、エリーレの兄であるロードリアーノ公爵家の当主ルーフェスも帰国した。

状況は大きく変化したのだ。

マドリアナはおそらく厳罰に処せられる。

そうなったら父であるピエスト侯爵も、事実はどうあれ、完全に無関係だったと逃げ切ることは難しいだろう。

その動向を察した貴族たちが、ルーフェスの屋敷であるここにも押しかけてきて、サーラはレナートの気遣いに感謝することになる。

もし護衛騎士や侍女がいてくれなかったら、サーラが彼らの対応をしなければいけないところだった。

いくら貴族でも、皇帝陛下から派遣された騎士や侍女相手には強く言うこともできず、彼らは門前で追い返されて、中にサーラがいることにも気付かれなかった。

それを知ったルーフェスはさらに人員を補充してくれて、今では訪問も減り、こうして静かに過ごすことができている。

皇帝との話し合いは、長引いているようだ。

日に日にルーフェスの帰りは遅くなり、サーラは屋敷の中でひとりきりで過ごす時間が長くなった。

どの部屋を使ってもかまわないと言われていたが、彼にとっては亡き妹との思い出が残る大切な場所だ。あまり荒らしてはいけないと、初めてこの屋敷に来た日から客間しか使っていなかった。

でもこの日は、以前この屋敷に仕えていたという侍女に図書室の存在を教えてもらい、そこに行ってみることにした。

帝国の本には、少し興味がある。

手渡された鍵を使って、図書室の扉を開いた。

「まぁ……」

中を見た瞬間、思わず声を上げる。

壁一面に本棚が備え付けられ、そこにはたくさんの本が隙間なく並べられていた。侍女の話によるとエリーレは本が好きで、時間があればここに籠って本を読んでいたらしい。

（……お会いしてみたかったわ）

そっと本の背表紙を指でなぞりながら、そんなことを思う。

きっと美しく聡明で、心優しい女性だったのだろう。

帝国の歴史やマナーの本などを読みながら、サーラは静かな時間を過ごしていた。

そんな、ある日のことだった。

この日もひとりだったサーラは、図書室に向かい、そこで本を読んでいた。

そこでふと、興味を惹かれて手にした一冊の本。

タイトルが書いていないことに気が付いて開いて見ると、どうやら日記のようだ。

（日記……。誰の？）

思わず視線を走らせると、兄としてルーフェスの、婚約者としてレナートの名前が記されている。

「これは……」

今は亡きルーフェスの妹、エリーレの日記だった。

故人とはいえ、勝手に人の日記を読んではいけない。そう思ったサーラだったが、そこに書かれていたある文字に、思わず目を奪われる。

レナートを、愛している。

エリーレの日記には、はっきりとそう記されていた。

サーラの予感は、当たっていた。

エリーレは最初こそ戸惑っていたものの、真摯に愛を注いでくれるレナートに惹かれ、彼に相応しい女性になろうと、必死に努力していたのだ。

それをけっして表に出さなかったのは、仲良くなったもうひとりの婚約者、マドリアナもまたレナートのことを愛していると知っていたからだ。

もう少し仲良くなれたら、彼女にだけは打ち明けよう。一緒にレナートを支えていけたら、と書いてある文面を見て胸が痛くなる。

マドリアナは、エリーレがレナートの愛を受け入れないことが許せずに、彼女に毒を盛ってしまった。だが彼女はレナートを愛していて、それをマドリアナに遠慮して言えなかったのだ。

少しずつ何かが違っていたら、しあわせな未来が待っていたはずだ。

それを思うと、切なくなる。

レナートが彼女を婚約者として発表する頃にはもう、エリーレは彼のことを深く愛していた。もしルーフェスが婚約を回避するために妹を連れて逃げようとしても、きっと拒んだだろう。

日記の最後には、最近体調が優れないこと。もし自分に何かあったら、兄とマドリアナがレナートを支えてほしいと記されていた。

サーラはそっと、その文字を辿る。

『お兄様、迷惑ばかりかけてしまってごめんなさい。

私の我儘で、お兄様には苦労をかけてしまいました。

体調は良くなるどころか、ますますひどくなっているように思えます。

でも、もしこのまま回復しなくても、私は愛する人に愛され、お兄様に大切にしてもらってしあわせでした。

どうかレナートを支えてあげてください。

私は彼を、とても愛していました』

「……」


もしこの日記が、彼女の死後すぐに発見されていたら。

ルーフェスは悲しむだろうが、そのときはまだ、マドリアナによって殺害されたことも知らなかったのだ。

妹がしあわせだったと知って安堵したかもしれない。

だが実際には妹の死に責任を感じて、救えなかった絶望から国を出てしまった。

でも、今からでも遅くはない。

エリーレがしあわせだったと知れば、彼の後悔も心の傷も、少しは軽くなるのではないか。

そう思ったサーラは、その日記を図書室から持ち出して、彼の帰りを待つことにした。

この日もルーフェスの帰りは遅く、すっかり暗くなってから帰宅した。

彼の強い要望で食事は先に済ませることにしていたが、毎日屋敷に帰宅したルーフェスを出迎えることだけはやめていない。

それだけは、どんなに言われてもやめるつもりはなかった。

「……おかえりなさい」

「ただいま、サーラ」

ルーフェスは疲れたような顔をしていたが、出迎えたサーラを見て嬉しそうな笑みを浮かべる。

彼が遅い食事を終え、ゆっくりと寛いでいるところに、サーラは図書室で見つけた日記を持って、彼の傍に寄った。

「今日、図書室でこれを見つけたの」

差し出すと、ルーフェスは不思議そうにその日記を見つめた。

「これは?」

妹の日記の存在を、まったく知らなかったのだろう。

サーラもどうしてこれが図書室にあったのか、わからない。

もしかしたら彼女が動けなくなるほど衰弱したあと、侍女が他の本と一緒に片づけてしまったのかもしれない。

「多分、日記よ」

促されるまま、それを開いたルーフェスは、そこに書かれていた文字を見て言葉を失った。

「……これは。……エリーレの字だ」

やはり、そうだったのだ。

震える手でページを捲る彼に、サーラはそれが図書室に本と一緒に収められていたこと。偶然手に取ってしまったことを、説明した。

ゆっくりと、嚙みしめるように文字を辿るルーフェスの傍に、サーラはずっと寄り添っていた。

そうして、エリーレがレナートを愛していると書いたページで、彼の手が止まる。

皇太子の求婚を断ることができずに、その婚約者になってしまったのではなかったのだ。エリーレは、愛する皇太子のため、その隣に立てるようにと、必死に妃教育に取り組んでいた。

「彼女は、父の命令に逆らえずに、ただ言いなりになっていたわたしとは、違っていたわ」

愛していた。

だから、耐えられたのだ。

それを周囲にけっして伝えなかった理由も、今思えばとても悲しいものだ。レナート本人、せめてマドリアナだけでもエリーレの想いを知っていれば、あの悲劇は防げた。

マドリアナと一緒に、レナートを支えたい。

その願いは叶わなかった。

けれど、まだ残された願いはある。

どうかレナートを支えてあげてください。

そう書かれた妹の文字を、ルーフェスは静かに見つめていた。

「……この件が終わったら、俺は今度こそ爵位を返上して、サーラと一緒にティダ共和国に帰るつもりだった」

どのくらい、そうしていただろう。

やがてルーフェスは静かに、その胸の内を語ってくれた。

「その頃には俺にも定住許可証が発行されるだろうから、そうしたら仕事を探して、サーラとずっと、あの国で暮らそうと思っていた」

「……ルーフェス」

一緒に、という言葉にサーラは微笑んだ。

最初は、期間限定の関係だった。

彼は妹を死なせてしまった贖罪(しょくざい)のために、似たような境遇だったサーラを助けてくれただけだ。

そしてサーラも、ひとりで生きていくと決意していた。

でも今では、ルーフェスと離れるなんて考えられない。

「だが、妹が最期に遺(のこ)した願いを、俺は叶えてやりたい……」

ルーフェスは顔を上げて、真剣な表情でサーラを見つめた。

いつものような憂いを帯びた悲しげなものではなく、強い決意を感じるものだった。

「ええ、わかっているわ」

皇帝となったレナートを、ロードリアーノ公爵家の当主として支えたい。あの日記を読んだらそう思うのは当然だと、サーラも思う。

頷くと、ルーフェスの手がサーラの手にそっと触れた。

繋いだ手から伝わる熱と、その想い。

「今までつらい思いをしてきたサーラが、ようやく平穏なしあわせを手に入れたばかりだということは、よくわかっている。だから、こんなことを願うのは自分勝手だということも。だが俺はずっと、君の存在に助けられてきた」

誰も味方のいない城で、ひとりで耐えてきた強さに。

それでも誰かを労わることを忘れない、優しさに。

妹の身代わりなどではなく、サーラ自身に助けられたと、ルーフェスは言ってくれた。

サーラは、何も言わずにルーフェスの手を握り返した。それに励まされたように、彼は言葉を続ける。

「サーラの望みは、できるだけ叶える。だから、これからも、傍にいてほしい」

「……もちろんよ。わたしでよかったら、喜んで」

そう答えると、ルーフェスに強く抱き締められた。

「サーラ。君を、愛している」

「！」

突然の抱擁と告白に驚いたけれど、サーラもすぐに、彼の背に手を回した。

孤児院で手伝いをしていた頃のことを、サーラは思い出す。

アリスと一緒に買い物に出かけたとき、突然の雷雨に戸惑って、よりによって木の下に逃げ込んでしまったことがあった。

そのとき助けに来てくれたのが、ルーフェスだ。

恋なんてしたことがなかったからわからなかったけれど、あのときからずっと、彼に恋をしていたのかもしれない。

「わたしもよ。ルーフェスが助けてくれなかったら、わたしはここまで辿り着けなかった。これからは、わたしがあなたを支えるわ」

ティダ共和国でようやく手にした、平穏なしあわせ。きっとあの場所でなら、国にも父にも縛られずに、自由に生きることができるだろう。

でも、ひとりきりだ。

孤独には慣れているはずなのに、今はもう、ルーフェスのいない生活など考えられない。

「ティダ共和国で身分を捨てたから、わたしはただのサーラとして、あなたと一緒にここで暮らすことができるわ」

リナン王国も、父も、もうサーラとは何の関係もない。

「公爵家の当主とただの平民では、釣り合いが取れないかもしれないけれど……」

「そんなことを気にする必要はない。リナン王国の公爵令嬢でも、ティダ共和国の移住者でも、誰にも文句は言わせない。俺が共に生きたいと願うのは、サーラだけだ」

「わたしもよ。あなたが孤児院の雑用係でも、ティダ共和国の定住許可証申請中でも、ソリーア帝国の公爵家当主でも、変わらない。ずっとあなたの傍にいるわ」

ルーフェスとしっかりと抱き合ったまま、サーラは涙を流していた。
エレーナに、彼の亡き妹に、ルーフェスを支え、しあわせにするとひそかに誓う。

第八章

その翌日。

サーラは侍女の手を借りて、ルーフェスが手配してくれたドレスに着替えた。これから彼と一緒に王宮に赴き、皇帝であるレナートに、エリーレが遺した日記を見せるためだ。

エリーレの日記をレナートに見せるかどうか。昨晩、ふたりで随分と話し合った。

その結果、彼に見せることにしたのだ。

悲しみは増すかもしれないが、後悔は減るだろう。

それはサーラがルーフェスに見せた理由と、同じだった。

ふたりが連れ立って王宮を訪れたことに、レナートは驚いたようだが、快く対面してくれた。

サーラが正装していたせいか、何かを期待したように上機嫌だったレナートだったが、ルーフェスがエリーレの日記を手渡すと、顔色が変わった。

「……これは」

彼もまたルーフェスと同じように、一目でこれが最愛の恋人の筆跡だとわかったようだ。

「昨日、サーラが屋敷の図書室で見つけてくれました。……妹が遺した日記のようです」

「……」

レナートは最初の一ページを開いたまま、しばらく動けずにいた。

エリーレが何を思っていたのか、知るのが怖いのだろう。

彼は、エリーレもまた彼のことを深く愛していたことを知らない。

伝えることができずに、消えてしまった想い。

それを知ってほしくて、サーラはレナートを促した。

「どうか、読んでみてください」

「……わかった」

その言葉を受けて、レナートは覚悟を決めたように日記に書かれた文字を辿っていく。まるで、傷がついたら価値がなくなる宝石を扱うかのように、丁寧にページを捲っている。

その姿に、彼のエリーレに対する、今も変わらない愛を感じる。

そうして、エリーレの想いが書かれていた箇所に辿り着いたようだ。

レナートは彼女の名前を呼びながら、その日記を抱きしめた。

「エリーレ。愛してくれていたのか。君を愛するあまり、苦しめることしかできなかった私を……」

レナートの瞳から、涙が零れ落ちる。

深い悲しみの中にも、愛する人に愛されていたという喜びが込められていて、サーラは安堵する。

「妹は、しあわせでした。きっと、最期まで……」

仲良くしていたマドリアナに毒を盛られていたと知らないまま、彼女は愛する人に愛され、必要とされている喜びに満ちていた。

苦労はしたかもしれないが、それもすべてレナートの傍にいるためだと思えば、耐えられたのだろう。

（わたしにはわかるわ。だって、わたしもそうだもの）

サーラは、隣にいるルーフェスを見上げた。

彼の傍にいるためなら、リナン王国にいたときと同じようなことになっても、きっと頑張れる。

ルーフェスは妹の願いを叶えるために、この帝国に残ってレナートを支えたいと申し入れ、彼は喜んでそれを承諾した。

皇太子の婚約者だったエリーレの死の真相が明らかになったため、謹慎を解いたという形にするようだ。

（……よかった）

きっとエリーレも安心するだろう。

エリーレの日記は、形見としてレナートに渡すことになった。彼はそれを持って、地下牢に幽閉していたマドリアナに会いに行ったらしい。

彼女は蒼白になったあとに泣き崩れ、死んでエリーレに謝りたいと言っていたらしい。

マドリアナの心からの謝罪を聞いて、レナートは彼女を死刑ではなく、流罪にすることにしたようだ。

エリーレは、マドリアナを友人だと言っていた。

優しかった彼女が、死刑を望むとは思えない。

それにルーフェスが繰り返し、罪は法律の中で裁かれるべきだと言い続けていたことも、彼が踏みとどまった理由になった。

ピエスト侯爵は、娘が犯した罪の責任を取って引退することになった。

元々、前皇帝の側近だった彼の力は、新皇帝の即位後に少しずつ衰退していた。この事件をきっかけに彼の派閥は崩壊し、リナン王国とのいざこざもあって、帝国内はかなり騒がしくなっていた。

ルーフェスも、ますます忙しくなっていた。

そんな彼の謹慎を解くことを、レナートは正式に発表した。

今でも最愛の恋人であるエリーレの兄ルーフェスを、皇帝は今後、重用するだろう。

ピエスト侯爵がいない今、それを妨げる者はもういない。

彼の周辺に人が群がるようになり、元々人嫌いのところがあるルーフェスは、かなり疲弊しているようだ。

そんなある日。

サーラはルーフェスとともに、レナートに呼び出された。

彼もまた、以前よりも疲れた顔をしていたが、心なしか穏やかになったような気がする。

そんなことを思っていたサーラに、レナートは語りかける。

「公爵家の当主がいつまでも独身では、何かと不都合だ。私に遠慮せずに、婚約だけでも先に発表してしまうといい」

「えっ……」

驚いて顔を見合わせるルーフェスとサーラに、レナートは、あのときはその報告だと思っていたと言って笑う。

エリーレの日記を渡したときのことのようだ。

「でもわたしは、リナン王国出身で、わたしの父は……」

「今はティダ共和国の定住許可証を得たのだろう。どこかの帝国貴族の養女になれば、何も問題はない」

もちろんふたりで、いずれはそうしたいと話し合っていた。

でもリナン王国との問題が片付くまでは、許可は下りないと思っていたのだ。

それに皇帝のレナートは、生まれる前の我が子を失っている。

そんな時期に、側近のルーフェスが婚約してもいいのだろうか。

サーラは戸惑ったが、どうやらリナン王国との問題に、レナートは本格的に取り組むようだ。その前に、サーラの身の上をきちんとしておきたいという事情もあるらしい。

「しあわせが、いつまでも続くとは限らない。その手の中にあるうちに、しっかりと摑むべきだろう」

でもそんな彼の言葉には、愛する人を永遠に失ってしまった悲しみと、せめてルーフェスだけはしあわせになってほしいという願いが込められていて。

それが伝わったから、ふたりは静かに頷いた。

その日からサーラは、ロードリアーノ公爵家当主の婚約者として、忙しい日々を送ることになる。

マドリアナの流罪によって皇妃になれる存在が不在になってしまったレナートは、側妃(そくひ)だったリアンジュを正式に皇妃に迎えた。

毒を盛られ、さらに子どもを失ってしまってずっと体調を崩していた彼女だったが、ようやく公務に復帰することができるまで回復したようだ。

サーラは皇妃の実家の養女になり、ルーフェスと正式に婚約することになった。義姉となった皇妃は穏やかで優しい人で、サーラのことも快く迎え入れてくれた。


サーラは一度だけ、この帝国に身を寄せているかつての婚約者、カーティスと再会した。彼は思っていたよりもずっと穏やかな顔をしていて、サーラとルーフェスの婚約を祝ってくれた。

「君には苦労ばかりかけてしまった。本当に申し訳ないと思っている。どうか、しあわせになってほしい」

あれほど自分のことばかりだった、カーティスの言葉とは思えない。

人は変わることができる。それをしみじみと思い知る。

(わたしも、変わることができたかしら?)

父の言いなりになっていた自分から、ルーフェスにふさわしい女性になることができただろうか。

それからカーティスはレナートの支援を得て、母の救出と王位継承権奪還のために動いていた。

彼は、最初は母さえ救出すればいいと思っていたようだ。

だが国王である父が一部の貴族のみを優遇し、とても公平とは言えない行為を繰り返していると知って、考えを変えたようだ。

一部の貴族――。それはおそらく、サーラの父親であるエドリーナ公爵のことだろう。

カーティスは父の横暴を止めるために、ソリーア帝国を頼って出奔したことにして、リナン王国に戻ることになった。

サーラの父を追い詰めてしまうかもしれない。

レナートとルーフェスにそう謝罪されたが、サーラはもう、実家とは縁を切った身だ。

父の方でも、カーティスが国を出てからは、用済みだとばかりにサーラの捜索を打ち切ったようだ。今でも、行方不明になった娘がソリーア帝国の公爵の婚約者になっていることを知らないだろう。

昔は抱いていた父親に対する罪悪感は、もうなかった。

カーティスはリナン王国に帰還し、たくさんの貴族たちと話し合い、味方を少しずつ増やして、母親の冤罪(えんざい)を晴らすことができたようだ。

ソリーア帝国の後押しを前面に出すのではなく、自ら貴族のもとに赴いて、彼らと何日も語り合ったらしい。

カーティスが変わったことを知った貴族たちは、新しい王太子ではなく、カーティスを支持してくれた。その声は次第に大きくなり、とうとう国王でも無視することはできなくなってきたようだ。

王妃の冤罪事件もあり、このままではソリーア帝国と争うことになる。そう危惧した貴族も多かったようだ。

そんなときに、暗殺未遂事件が起きる。

カーティスがリナン王国で貴族たちとの話し合いに向かおうとしていたとき、暗殺者が彼の馬車を襲ったのだ。

ソリーア帝国から派遣された護衛が彼を守っていたため、無事だったが、犯人は驚いたことに、サーラの兄だった。

兄は、王女の降嫁を許されていた。王太子の義兄になれるはずだった。

だからカーティスが王太子に復帰することを恐れ、おそらく父にも相談せずに行動したのだろう。

だがそんな兄の軽率な行動が、なかなか隙を見せなかったサーラの父の致命傷になった。

娘が重罪を犯して引退を余儀なくされた、帝国のピエスト侯爵と同じだ。

いくら無関係だと主張しても、それが認められるはずもない。

最初はリナン国王も、その事件を揉み消そうとしたようだ。

カーティスは無断で国を出て、王族としての資格を失っている。そんな者がひとり襲われたくらいで、大事にする必要はないと言い放ったようだ。

だが、それが貴族たちの反発を買うことになった。

国王の側近の家族であれば、犯罪に及んでも罪に問われない。

さすがにそれは、独裁的すぎる。王妃に対する冤罪や、王太子であったカーティスに対する扱いに、帝国の支配を警戒していた貴族たちでさえ、反国王派となった。

サーラには結果だけ伝えられたので、詳しいことはわからない。

ただ、どうやら兄の単独犯ではなく、カーティスの異母弟やその母である側妃も、この事件に関わっていたようだ。

父は兄の起こした事件の責任を取って、引退することになった。

公爵家を継いだのはもちろん兄ではなく、サーラたちの従兄(いとこ)である。以前、カーティスと婚約していたユーミナスの兄だ。

兄は、王族を襲撃した罪で身分を剝奪され、王都から追放された。

そうして母は父と一緒に、地方に移り住んだようだ。もうふたりが表舞台に出ることはないだろう。

ルーフェスは気遣ってくれたが、サーラは大丈夫だと告げた。

たしかに血の繋(つな)がりはあったが、家族ではなかった。

両親は最後までサーラを道具としか思っていなかったし、兄は妹にまったく関心がなかった。

そんな状況が少し落ち着いた頃、サーラは手紙を何通か出した。

最初の手紙は、ティダ共和国でお世話になっていた、パン屋の店主に宛てたものだ。

ソリーア帝国に住むことになったこと。

店を辞めなくてはならないこと。

せっかく借りていた家を、引き払わなくてはならないことを詫びた。

返信はすぐに届いて、生まれた子どもは双子だったらしく、子育てが大変でパン屋を続ける余裕がなく、店はもうしばらく休むことにしたと書いてあり、ほっとした。

借りていた家も、サーラたちが戻らないのならば、子育てに良い場所なので、パン屋の店主が借りたいとのことだった。

もちろん承諾して、荷物などは公爵家の使用人に取りに行ってもらうことにした。

あとの手紙は、孤児院の院長、キリネ、そしてアリスに宛てたものだ。

ルーフェス……。彼女たちにとってはルースと婚約したことを告げると、みんなとても喜んでくれた。

でも向こうの状況は、あまり良くないらしい。

国が荒れたせいで治安はますます悪くなり、院長は、ずっと孤児院を安全な場所に移転したいと思っていたようだ。

だが、資金も乏しく、伝手もない。

いっそ身辺を整理して何とか資金を作り、全員でティダ共和国に移り住もうかと思っている。そう書かれている手紙を見て、サーラはあることを思いついて、ルーフェスに相談した。

もし彼女たちがリナン王国を出るつもりならば、行き先はこのソリーア帝国でもよいのではないか。

そう言うと、ルーフェスはすぐに承諾してくれた。

皇帝であるレナートにも相談し、ロードリアーノ公爵家の領地に孤児院を建てて、そこにみんなを迎え入れると言ってくれた。

サーラのような公爵令嬢ならともかく、平民の移住は自由に認められている。

もちろん彼女たちの意志が最優先なので、こちらはそれを提案するだけだ。

返事にはしばらく時間を要したが、キリネや修道院にいるウォルトなども、そこで働く人たちやその家族も含めて全員で、ソリーア帝国に移住することにしたようだ。

優しかった院長に、色々と世話になったウォルト。たくさんのことを教えてくれたキリネに、かわいい子どもたち。彼女たちとまた会えるかと思うと、嬉(うれ)しくて仕方がない。

サーラにとっては両親や兄よりも、彼女たちのほうが本当の家族のようだ。

こうしてサーラが帝国に移住してから、一年が経過していた。

元婚約者のカーティスは王太子に復帰し、必死に頑張っているようだ。

偽聖女に騙(だま)されてすべてを失った彼は、まず信用を取り戻すことが何よりも大切だと思い知っていた。貴族たちと交流しながら、その意見に耳を傾けているらしい。

もう彼とサーラの道が交わることはないけれど、今のカーティスなら、人の話を聞かずに勝手に思い込んで行動するようなことは、二度としないだろう。リナン王国の国王はすっかりおとなしくなり、もうすぐ譲位するのではないかと噂されていた。

リナン王国ほどではないが、新皇帝が即位したばかりのソリーア帝国も、落ち着かない状態が続いていた。

皇帝がリアンジュを皇妃として迎えて、さらにピエスト侯爵の失脚というできごともあった。

そのため、妹の遺言になってしまった言葉の通り、新皇帝となったレナートを支えると決めたルーフェスも、かなり忙しい日々を送っているようだ。

彼の婚約者であり、皇妃の義妹となったサーラも、王城で妃教育を受けていたときと同じくらい忙しかった。

生まれ育ったリナン王国とソリーア帝国では、伝統や儀礼がまったく違う。公爵夫人となる身としては、知らないではすまされない。

さまざまなことを、義姉となった皇妃が丁寧に教えてくれた。

彼女の義妹となったことで、ルーフェスとレナートも義兄弟となる。

もともとエリーレが皇妃になっていれば、そうなっていたはずだった。

だから、彼の婚約者であるサーラを自分の義妹にしたのだろうと、皇妃は語っていた。

レナートがエリーレのことを忘れることはないのだろう。皇妃は、そんな彼を傍で支えると決めているようだ。

「あなたもわたくしの義妹なのだから、何でも頼ってね」

彼女は、サーラにもそう言ってくれた。

サーラは共和国出身の平民だということになっているが、義父母と義姉にだけは、本当の出自を伝えている。

義姉はカーティスの過去のふるまいと、サーラの父の娘に対する態度にとても怒ってくれた。義父母も、これからは自分たちが家族だからと、サーラを抱きしめてくれた。

それは今までのつらかった思い出がすべて消えてしまうような、優しい温もりだった。

ロードリアーノ公爵家の領地に孤児院が完成し、院長たちが移住してきたのは、二ヵ月ほど前のことだ。

院長とキリネは、ロードリアーノ公爵の婚約者として美しく着飾っているサーラを見て涙ぐみ、そのしあわせを喜んでくれた。

「最初から訳ありだとは思っていたけれど、まさかルースが公爵様だったなんて」

キリネはとても驚いていたが、サーラが公爵令嬢だったことは話していない。

貴族の娘だったことは彼女たちも何となく察しているだろうが、皇帝の厚意で皇妃の義妹になり、彼と婚約することができたと説明している。

サーラが悪名高いエドリーナ公爵の娘であることは、帝国では秘密になっている。だから彼女たちに話して、余計な重荷を背負わせるわけにはいかない。

「アリス。すっかり綺麗になって……」

ひさしぶりに会ったアリスはとても成長していて、再会したサーラを驚かせた。背も高くなり、顔も大人びている。

「サーラさんも、とても綺麗です」

アリスはドレス姿のサーラを見て、うっとりとそう言ってくれた。

「ありがとう。似合っているかしら？」

「うん、すごく」

彼女は最年長として、子どもたちの面倒を見ていたが、そろそろ仕事を探したいと思っているようだ。

そこでルーフェスと相談し、彼女は帝都にあるロードリアーノ公爵家の屋敷に連れて行くことにした。そこでしっかりと帝国式の読み書きを教え、行儀見習いをさせるつもりだ。

一緒に移住したウォルトやキリネの家族も、希望する者がいれば公爵家で働くことができるように、ルーフェスが取り計らってくれた。

それぞれの新しい生活がうまくいくように、サーラも心を配っている。

キリネに手作りのパンも披露した。

ティダ共和国では、短い期間だったが、パン屋で働いたこともある。そう伝えると、キリネは驚いたようだった。

「これは上達したね。最初の頃が嘘（うそ）のようだよ」

「頑張って、何度も練習しました。働くのも、とても楽しかったわ」

パン屋で働くのは、サーラの夢だった。

自分の働きで家を借りることができたのも、嬉しかった。

それを手放させてしまったことを、ルーフェスはまだ申し訳ないと思っているようだったが、今のサーラはあの頃よりもずっとしあわせだ。

ルーフェスの腕に摑まって、甘えるように擦り寄る。

公爵家当主に復帰した直後、彼にも見合い話が山ほど持ち込まれたらしい。以前の婚約者はもう他の人と結婚していたが、その妹との縁談を持ちかけられたりもしたようだ。

だがルーフェスは、すべてきっぱりと断ってくれた。

公爵家の当主として、貴族との繫がりはとても大切だろうに、サーラ以外の女性を妻にするつもりはない。そう言って断ってくれたのは、とても嬉しかった。

今となってはサーラも皇妃の義妹であり、社交界にも積極的に出るようにしている。

たとえリナン王国とソリーア帝国の違いはあっても、王太子の婚約者として妃教育まで受けていたサーラの立ち居振る舞いは、義姉のお陰もあって完璧だ。

初めて、妃教育を受けていてよかったと思ったくらいだ。

今では友人と言えるような人も増えてきた。

こうしてすっかり帝国での生活に馴染んだサーラだったが、もうすぐ正式に、ルーフェスの妻になる日が近付いていた。

ルーフェスと正式に婚約してから、一年半ほど経過していた。

こうして思い返してみると、ゆっくりと振り返る暇もないほど、忙しい日々だったと思う。

半年ほど前からは、サーラは結婚式の準備に追われていた。

帝国では、皇族の結婚式は王宮の隣に建つ聖教会で執り行われることになっている。

サーラがリナン王国の貴族という問題はあったが、公爵であるルーフェスは皇族の血を引いている。だからふたりの結婚式も、そこで執り行われることになっていた。

そして当日着るウェディングドレスは、サーラの希望を尊重しつつも、義姉と義父母が熱心に選んでくれた。

帝国の貴族は黒髪が多く、サーラのような金色の髪はとても珍しい。

そんな髪色に合うドレスは何がいいのか、真剣に議論している家族の様子を見て、サーラは思わず微笑（ほほえ）む。

しあわせだった。

祖国では、ひとりでいることが多かった。でもここでは、ひとりになることは難しいくらいだ。

ルーフェスも、忙しいだろうに何度も屋敷に戻ってきては、式の打ち合わせに参加してくれた。ドレスの仮縫いも、宝石を選ぶときも、必ず立ち会ってくれる。

「ああ、とても綺麗だ」

試着した姿に目を細めてそう言ってくれて、サーラは頬を染めながらも、ありがとうと微笑んだ。

「どれも綺麗で、選ぶのは難しいな」

「わたしも、なかなか選べなくて。お義姉様にほとんどお任せしてしまいました」

日にちが進むごとに、しあわせもこうして積み重なっていくようだ。

新しい孤児院の子どもたちも、キリネやアリスと協力して、ふたりの結婚を祝ってくれた。

子どもたちの歌に手作りの花冠、そして祝福の手紙を受け取って、まだ正式な結婚前なのに感極まってしまい、ルーフェスの腕の中で涙を流した。

キリネはさらに、結婚式には必ず食べるのだという、彼女の故郷に伝わる郷土料理を作ってくれた。

素朴だが、とても優しい味だった。

「ルースと……。ええと、ルーフェス様だったね。彼となら問題ないと思うけど、絶対にしあわせになるんだよ」

「……はい。今まで色々とありがとうございました」

そうお礼を言うと、彼女も涙ぐんで、まるで娘を嫁にやるみたいだと言ってくれた。

本当の母親はサーラに愛情を注いでくれなかったけれど、今のサーラには、義母とキリネで、母親がふたりもいるようなものだ。

そうして迎えた、結婚式の日。

ルーフェスがロードリアーノ公爵家の当主だということもあって、結婚式当日もたくさんの貴族が駆けつけてくれた。

友人になった令嬢たちは、控え室にいるサーラに、帝国の伝統だというしあわせを招く歌を歌いながら、頬に祝福のキスをしてくれた。

「おめでとう、サーラ」

「本当におめでとうございます。どうぞおしあわせに」

「とても綺麗だわ」

「みんな、ありがとう」

こんなにたくさんの人に祝福されながら、愛する人の妻になれるなんて思わなかった。

ドレスは義父母と義姉が選んでくれた、純白のドレスだ。

みんなで悩んだ末に、やはり花嫁のドレスは白だと義姉が主張して、そう決まったのだ。贅沢(ぜいたく)にレースを使ったドレスは優雅で美しく、サーラの清楚(せいそ)な雰囲気をさらに引き立ててくれるものだった。

結婚式には、レナート皇帝陛下も義姉の皇妃陛下も参列してくれた。

たくさんの人たちが見守る中、サーラは正装したルーフェスとともに神前で誓いの言葉を口にして、婚姻書にサインをした。

神官が厳かに、婚姻の成立を告げた。

祝福の鐘が高らかに鳴り響く。

こうしてサーラは、リナン王国の公爵令嬢から修道女となり、さらにティダ共和国の移住者となって、ソリーア帝国のロードリアーノ公爵夫人となった。

波乱万丈の人生だった。

何度も絶望し、一度は生きることを諦めたこともあった。

そんなときに、手を取ってくれたのがルーフェスだった。

もし彼と出逢わなかったら、サーラはあのまま絶望の中で死んでしまっていたかもしれない。

そう口にすると、それは自分も同じだったとルーフェスは言う。

「サーラと出逢わなかったら、俺は今も各国を転々としながら、妹を救えなかった後悔と絶望に苛まれていただろう」

互いに、不可欠な存在だったのかもしれない。

出逢わなければ、生きてはいけないほどに。

「あなたに出逢えて、本当によかった……。わたしを助けてくれて、ありがとう」

「俺も、君には救われた。帝国に行こうと言ってくれなかったら、真実を知らないまま、妹の最期の願いも叶えられないままだった」

髪を撫でられて、触れるだけの優しいキスをしてくれた。

そんなルーフェスに甘えるように身を寄せると、優しく抱きしめられる。

華やかな結婚式が終わったあとは、ふたりだけの静かな時間だ。

帝国に来てからずっと住んでいた屋敷ではあったが、これからは居候ではなく、ふたりの家になる。

ティダ共和国で手に入れた家は手放してしまったけれど、それよりもしあわせに満ちた家を、サーラは手に入れたのだ。

正式に彼の妻になった喜びを胸に、サーラはルーフェスの腕の中でしあわせを噛みしめる。

きっと彼の妹のエリーレも、こうして愛する人と結ばれて、しあわせになることを夢見ていたに違いない。

そのことを思うと切なくて、胸が痛くなる。

今のしあわせは、けっして不変のものではないのだ。だからこそ、一緒に過ごせる時間を大切にしなければならない。

「サーラ、愛している」

耳元で優しく囁かれる愛の言葉。

「わたしも、愛しているわ」

同じ言葉を返しながら、少しでも長くこのしあわせが続くように祈りながら、サーラは愛する人の腕の中で目を閉じた。

あとがき

こんにちは。

こちらでは初めまして。櫻井(さくらい)みことと申します。

この度は、『婚約破棄した相手が毎日謝罪に来ますが、復縁なんて絶対にありえません！』をお手に取っていただき、ありがとうございました。

この小説は、ＷＥＢに投稿させていただいた作品で、完結させたのはもう二年ほど前になります。

私にとっては思い入れの深い小説で、ＷＥＢで読んでくださっている方に、これが一番好きだと言っていただけることもありました。

それがこうして書籍にしていただくことができて、本当に嬉しいです。

しかも、常々「出版される作品、ぜんぶ好みなのですが？」と思っていたレーベルでの書籍化です。

これもＷＥＢ上で読んでくださった皆様のお陰だと、心から感謝しております。

ありがとうございました！

しかも有り難いことに、コミカライズが漫画アプリ「Ｐａｌｃｙ」にて、配信されております。

作画はいちいち先生です。

原作よりも明るく、テンポよく描いてくださっているので、とても読みやすく、楽しい漫画になっております。

サーラは明るく可愛らしく、ルースはイケメンで、カーティスのウザさも倍増です。

あの、「こいつ、また来やがった」感は、漫画でなくては出せないと思います。最高でした！

私も原作者ではなくひとりの読者として、更新を楽しみにしています。

こちらもぜひ、ご覧くださいませ。

そして、素晴らしいイラストを描いてくださったフルーツパンチ先生。本当にありがとうございました。表紙のサーラの美しさには、心底惚れ込みました。

お忙しい中、いつも明るく対応してくださる担当様にも、心から感謝しております。

お世話になりました。そして、これからもよろしくお願いいたします。

最後に、ＷＥＢ時代から読んでくださった皆様。

書籍を手に取ってくださった皆様。

そしてコミカライズからこの小説を知ってくださった皆様、本当にありがとうございました。

またどこかでお会いできますように。

櫻井みこと

婚約破棄した相手が毎日謝罪に来ますが、復縁なんて絶対にありえません！

櫻井みこと

2023年11月29日第1刷発行

発行者	森田浩章
発行所	株式会社 講談社 〒112-8001　東京都文京区音羽2-12-21
電　話	出版　(03)5395-3715 販売　(03)5395-3605 業務　(03)5395-3603
デザイン	モンマ蚕（ムシカゴグラフィクス）
本文データ制作	講談社デジタル製作
印刷所	株式会社ＫＰＳプロダクツ
製本所	株式会社フォーネット社

KODANSHA

ISBN978-4-06-531789-1　N.D.C.913　283p　19cm
定価はカバーに表示してあります

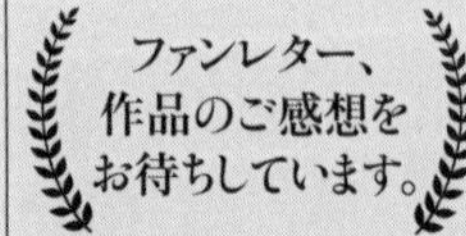

あて先
〒112-8001　東京都文京区音羽2-12-21
(株) 講談社　ライトノベル出版部 気付
「櫻井みこと先生」係
「フルーツパンチ先生」係

今さら謝っても、もう遅い！
私は自由を謳歌しますから!!

脇役転生した乙女は死にたくない
～死亡フラグを折る度に恋愛フラグが立つ世界で頑張っています！～

著:水仙あきら　イラスト:マトリ

大好きな乙女ゲームの世界に転生したことを知ったネージュ。
孤児から成り上がった女騎士、ポジションはヒロインの侯爵令嬢の親友。
脇役万歳、大好きなゲームの恋模様が現実として観察できるぜ、ラッキー。
……とは、いかなかった！
ネージュが転生した乙女ゲームは、全てのエンディングが
デッドエンドというトンデモ仕様で物議を醸した問題作で……⁉

要らずの姫は人狼の国で愛され王妃となる！

著:水仙あきら　イラスト:とき間

皇帝夫妻の娘として生まれながらも、
双子を忌む因習によって捨てられたエルネスタ。
市井で育った彼女の元に、ある日皇帝からの使者がやってくる。
「出奔した姉姫の代わりに蛮族たる人狼王イヴァンの元に嫁ぐこと」
育ての母の病気を治すことを条件に、
その勅命を引き受けることにしたエルネスタだが……!?

コミュ障は異世界でもやっぱり生きづらい
〜砂漠の魔女はイケメンがこわい〜

著:真白野冬　イラスト:べっこ

現代日本にてコミュ障をこじらせて死んだイオリは、
神様の手違いで、また人間として異世界で生きるハメに！
お詫びとしてチート能力を授けられ、イヤイヤ転生。
人が滅多に来ない砂漠で悠々自適なスローライフをしていたところ、
無駄にキラキラしたイケメン集団が現れて……!?
コミュ障のままでも、環境が変わればなんとかなることもある——。
これは、そんなコミュ障の物語。